AF742716

www.ingramcontent.com/pod-product-compliance
Lightning Source LLC
LaVergne TN
LVHW010946051026
849532LV00003B/1147
* 9 7 8 9 3 5 7 7 7 3 0 8 9 *

موت کے بعد

(ناول)

اظہار اثر

© Izhar Asar

Maut ke baad *(Novel)*

by: Izhar Asar

Edition: January '2025

Publisher :

Taemeer Publications LLC (Michigan, USA / Hyderabad, India)

ISBN 978-93-5777-308-9

کتاب : **موت کے بعد** (ناول)

مصنف : **اظہار اثر**

صنف : فکشن

ناشر : تعمیر پبلی کیشنز (حیدرآباد، انڈیا)

سالِ اشاعت : ۲۰۲۵ء

صفحات : ۱۶۴

سرورق ڈیزائن : تعمیر ویب ڈیزائن

پہلا باب

دھڑکتے ہوئے دل اور کانپتے ہوئے ہاتھوں سے اس نے لفافہ چاک کیا اور خط کا پرزہ نکال کر پڑھنا شروع کیا ــــ اس پہ لکھا تھا :-

.... اسیم

مجھے یہ خط لکھتے ہوئے خود بھی سخت افسوس ہے۔ لیکن کیا کروں ؟ حقیقت بہر حال تم پر واضح کرنی ضروری تھی۔ تاکہ آئندہ تم غلط فہمی میں مبتلا نہ رہو ــــ اس میں شک نہیں کہ ایک زمانہ تھا جب میں تم سے محبت کرتی تھی۔ لیکن بہت کچھ سوچنے سمجھنے کے بعد میں اس نتیجہ پر پہنچی ہوں کہ شادی کے بعد شاید ہم خوش نہ رہ سکیں۔ وجہ اس کی یہ ہے کہ تم ایک غریب افسانہ نگار ہو۔ تمہاری آمدنی محدود ہے۔ اور میں نے بچپن سے ہی ایک دولت مند گھرانے میں آنکھ کھولی ہے۔ مجھے زندگی گذارنے کے لئے دولت کی ضرورت ہے۔ قیمتی ریشمی ساڑھیوں، جگمگاتے ہوئے زیوروں، ہوٹلوں اور کلبوں کے بغیر

۶

بھی زندگی گزار نہیں سکتی۔ اور یہ چیزیں تمہارے ساتھ رہ کر مجھے نہیں مل سکتیں۔ اس لئے یقیناً شادی کے بعد ہماری زندگی دوزخ بن جائے گی۔ انہیں تمام باتوں کو مدنظر رکھتے ہوئے میں نے فیصلہ کیا ہے کہ میں تم سے شادی نہیں کروں گی۔ جوانی کے ذرا سے جذبے کی خاطر میں اپنی پوری زندگی جہنم نہیں بنانا چاہتی۔ نہ ہی تمہاری زندگی برباد کرنا چاہتی ہوں۔ چنانچہ میں نے انل کمار سے شادی کرنے کا پختہ ارادہ کر لیا ہے۔ کل ہماری منگنی بھی ہو جائے گی۔ انل کمار کو تو تم جانتے ہی ہو۔ وہ دو ملوں کا مالک ہے اور شہر میں اس کی بیس ۲۰ فلک بوس بلڈنگیں ہیں

امید ہے کہ تم میری صاف گوئی کو معاف کر دو گے۔ یقین کرو مجھے تم سے جدا ہونے کا سخت دکھ ہوگا لیکن اپنے اور تمہارے مستقبل کی خاطر میں یہ قدم اٹھا رہی ہوں۔

کبھی کی تمہاری —

"لتا"

خط اشیم کے ہاتھ سے چھوٹ کر گر پڑا۔ اور اس کی آنکھوں کے سامنے تارے سے ناچنے لگے۔ وہ بے جان سا ہو کر کرسی پر گر گیا۔ اسے اپنا دل سینے میں بیٹھتا ہوا محسوس ہونے لگا — لتا — لتا — لتا — ایک لفظ اس کے ذہن میں بگولوں کی طرح چکرانے لگا۔ اس کے دماغ میں ایک طوفان سا اٹھ کھڑا ہوا جس میں ماضی کے حسین واقعات گڈمڈ ہو کر آندھیوں کی صورت میں بھاگنے لگے۔

لتا — جسے اس نے زندگی کا مقصد سمجھ لیا تھا — جسے اس نے اپنے خوابوں کی تعبیر بنا لیا تھا — جسے اس نے اپنے مستقبل کی زندگی کا روشن چراغ سمجھ لیا تھا

۷

اب اس کے ہاتھوں سے چکنی مچھلی کی طرح پھسلتی جا رہی تھی اور وہ بے بس تھا —— وہ ایک غریب آدمی تھا اس لئے ایک دولت مند کی بیٹی کی کلائی پکڑ کر اسے بے اعتنائی کرنے سے نہیں روک سکتا تھا — اسے اپنی محبت کا واسطہ نہیں دے سکتا تھا — اسے اس کے وعدے یاد نہیں دلا سکتا تھا ——

اس کی حسرتیں اس کی نگاہوں کے سامنے دم توڑ رہی تھیں اور وہ مجبور تھا۔ اس کی امنگیں، اس کے ارمان، اس کے جذبات آخری ہچکیاں لے رہے تھے اور وہ بے بس تھا کیونکہ وہ غریب تھا۔ اور اس کا رقیب انل جو دو ملوں کا مالک تھا، جو اونچی بلڈنگوں کا مالک تھا جو ہر ماہ ایک نئی کار تبدیل کرتا تھا —— جس سے کبھی لتا کو سخت نفرت تھی —— وہ انل لتا کو اب اس سے چھینے لئے جا رہا تھا اور وہ لاچار تھا۔

اس کی آنکھوں سے آنسوؤں کا ایک سیلاب پھوٹ پڑا۔ اور گزرے ہوئے تمام واقعات اس کی نگاہوں کے آگے فلم کی طرح گذرنے لگے۔

اسے وہ پہلا دن یاد آیا جب پہلے پہل اس کی لتا سے ملاقات ہوئی تھی —— کتنی عجیب و غریب تھی یہ ملاقات بھی!

دوسرا باب

وہ اپنے کسی دوست کے خیر مقدم کے لئے اسٹیشن پر گیا تھا —— گاڑی آنے میں کافی دیر تھی۔ وہ پلیٹ فارم پر کچھ عرصہ ٹہلتا رہا۔ پھر جب تھک گیا تو اس نے آرام سے بیٹھ جانے کے لئے ادھر ادھر نظر دوڑائی۔ پلیٹ فارم پر رکھی ہوئی تمام بنچیں گھری

ہوئی تھیں۔ صرف ایک بنچ ایسی تھی جس پر ایک لڑکی بیٹھی ہوئی کسی کتاب کے مطالعہ میں مصروف تھی۔ اشیم اس کے قریب گیا اور نہایت مہذب لہجہ میں بولا۔

"اگر آپ کو ناگوار نہ گزرے تو کیا میں اس بنچ پر بیٹھ سکتا ہوں؟"

لڑکی نے اپنی نگاہیں کتاب سے ہٹا کر اس کی جانب دیکھا۔ سر سے پیر تک اس پر نظر ڈالی۔ اور مسکرا کر بنچ کے ایک کونے میں سمٹتے ہوئے کہا۔ "جی ہاں —— ضرور تشریف رکھئے۔" اور ایک لمحہ خاموش رہ کر اس نے از راہ مذاق کہا "بہر حال یہ بنچ میری ذاتی ملکیت نہیں ہے۔ ریلوے کی ہے جس پر ہر شخص کو بیٹھنے کا حق حاصل ہے۔"

"میں ٹہلتے ٹہلتے تھک گیا تھا۔" اس نے بنچ پر بیٹھتے ہوئے کہا "اگر یہ بنچ آپ کی بھی ہوتی تو کیا آپ ایک تھکے ہوئے آدمی کو آرام کرنے کی اجازت نہ دیتیں؟"

لڑکی نے پھر ایک بھرپور نظر اس پر ڈالی۔ دھیرے سے مسکرائی۔ اور کوئی جواب دیئے بغیر مطالعہ میں مشغول ہو گئی۔

اشیم بنچ کے تکیہ سے ٹیک لگا کر آرام سے بیٹھ گیا اور اپنے نئے ناول کے پلاٹ پر غور کرنے لگا —— لڑکی کے وجود کو اس نے یکسر فراموش کر دیا۔

تھوڑی دیر کے بعد کسی وجہ سے اس نے داہنی جانب کو دیکھا تو اس کی نظر لڑکی کے ہاتھ میں تھامی ہوئی کتاب پر پڑی۔ اور کتاب کا نام پڑھ کر اس کا دل تیزی سے دھڑکنے لگا —— "پیار اور آنسو" —— یہ خود اس کا تازہ ناول تھا —— مسرت کا احساس ایک تیز طوفانی لہر بن کر اس کی رگوں میں دوڑ گیا —— اب پہلی بار اس نے چوری چوری لڑکی کے سراپا پر ایک نظر ڈالی۔ وہ کھلتے ہوئے گندمی رنگ کی بے حد دل کش لڑکی تھی —— بڑی بڑی دنبالہ دار آنکھیں جن پر لانبی لانبی پلکیں سر پوش کی طرح پڑی ہوئی تھیں —— کشادہ اور شفاف پیشانی —— پتلی ستواں ناک خاص طور پر باریک ہونٹوں کا خم تو اس قدر دلفریب تھا کہ محسوس ہوتا تھا فطرت نے

قوس قزح کی ساری خوبصورتی ان میں سمو دی ہے۔

چھوٹا سا قد تھا اور گداز جسم — لانبے ریشمی بال سانپوں کی طرح خم کھائے ہوئے دونوں شانوں پر پڑے ہوئے تھے۔

اس کی پیاسی نگاہیں لڑکی کے دلفریب چہرہ پر چپک کر رہ گئیں۔

غالباً تھوڑی دیر بعد ہی لڑکی کو بھی اس کی تیز نگاہوں کا احساس ہو گیا — اس نے کتاب پر سے نظر اُٹھا کر اس کی جانب دیکھا۔ اشیم گھبرا گیا۔ جیسے کسی نے اس کو چوری کرتے ہوئے پکڑ لیا ہو۔

"کیا میں پوچھ سکتا ہوں کہ یہ کون سا ناول ہے؟" اس نے کوئی بات بنانے کی غرض سے کہا۔

"پیار اور آنسو" لڑکی نے مسکرا کر جواب دیا۔ "ہندوستان کے مشہور ناول نگار اشیم کمار کا نیا ناول ہے۔"

"کیا آپ کو اس مصنف کے ناول پسند آتے ہیں؟" اس نے مسکرا کر پوچھا۔

"جی ہاں — بہت زیادہ۔" لڑکی نے جواب دیا۔ "کیا آپ کو پسند نہیں؟"

"بالکل نہیں —" اس نے جلدی سے کہا۔ "نہایت نکما مصنف ہے۔ مجھے اس کی تحریر میں کوئی خوبی نظر نہیں آتی — نہ ہی ناولوں میں کوئی ندرت یا جدت ہوتی ہے۔"

لڑکی کا چہرہ دبے ہوئے جوش کی وجہ سے کسی قدر سرخ ہو گیا — اس نے کہا۔

"آپ کو ادب سے کوئی دلچسپی بھی ہے یا یوں ہی جو جی میں آیا کہہ ڈالا — آپ کو کیا معلوم کہ اس کی تحریر میں کتنی زندگی ہے۔ اس کے الفاظ میں کتنا جادو ہے۔ وہ ہندوستانی کے چوٹی کے فنکاروں میں ہے اور آپ کہتے ہیں کہ اس کی تحریر نکمی ہے۔"

"تو اس میں خفا ہونے کی کیا بات ہے" اشیم نے مسکرا کر کہا۔ "یہ تو اپنی اپنی پسند ہے آپ اشیم کو پسند کرتی ہیں اور میں پسند نہیں کرتا — اب آپ اسی ناول "پیار اور آنسو"

کو دے دیجئے۔ یقین کیجئے میں تو نصف ناول پڑھ کر ہی اُکتا گیا اور کتاب پھینک کر اُٹھ کھڑا ہوا ـــــ ایسا بے کیف پلاٹ ہے اور ایسا گھٹیا درجہ کا اندازِ تحریر۔"

"بس بس رہنے دیجئے" اب وہ سچ مچ غصہ میں آ گئی۔ اور جھلا کر بولی۔ "آپ اپنے خیالات اپنے تک ہی محدود رکھئے۔ میں اپنے محبوب مصنف کے بارے میں ایسے احمقانہ الفاظ سننے کے لئے تیار نہیں ہوں۔"

یہ کہہ کر اس نے ایک تیز جھلستی ہوئی نظر اس پر ڈالی۔ اور پھر کتاب پڑھنے میں مشغول ہو گئی۔

مسرت اور انبساط کے مارے اشیم کے روم روم میں نشہ سا لہرا گیا۔ فخر سے اس کا سینہ پھول گیا۔ اس کے ناولوں کی سینکڑوں بار تعریفیں کی گئی تھیں۔ ایڈیٹر اور پبلشرز اس کی ہر نئی تحریر کو سر چڑھا کر قبول کرتے تھے۔ دوستوں کے حلقے میں ہمیشہ اس کی تصنیفوں کو عزت کی نظر سے دیکھا جاتا تھا لیکن اسے کبھی اپنی تعریف سن کر اس قدر مسرت اور خوشی کا احساس نہ ہوا تھا جتنا آج اس لڑکی کی زبان سے چند الفاظ سُن کر!

"وہ کتنی حسین ہے" اس نے اپنے دل میں سوچا "میری زندگی بھی سونی ہے۔ مجھے اپنی خشک زندگی میں بہار لانے کے لئے بھی ایسی ہی ایک مسکراتی ہوئی لڑکی کی ضرورت ہے کاش یہ میری بن سکے"

چند لمحوں میں ہی اس نے تصور میں سینکڑوں خواب بُن ڈالے۔ سینکڑوں رنگ محل تعمیر کر ڈالے ـــــ وہ بنچ کے تکیہ پر سر رکھ کر اور آنکھیں بند کر کے بیٹھ گیا اور تصور کو بالکل آزاد چھوڑ دیا ـــــ لال، نیلے، پیلے، ہرے، گلابی، سنہرے ـــــ غرض سینکڑوں شوخ اور بھڑکدار رنگ اس کے ذہن میں تڑپنے لگے۔ لیکن اس نے دیکھا کہ ہر رنگ میں ایک انسانی چہرہ جگمگا رہا تھا ـــــ اور وہ چہرہ اس کے قریب بیٹھی ہوئی نامعلوم لڑکی کا تھا۔

۱۱

"ہیلو — مسٹر اشیم — !" ایک مردانہ آواز نے اسے چونکا دیا — اس نے فوراً آنکھیں کھول دیں۔ دیکھا تو سامنے سے اس کا ایک پبلشر دوست چلا آرہا تھا — نووارد شخص کے منہ سے "اشیم" کا لفظ سن کر لڑکی بھی بڑے زور سے چونکی۔ اور حیرت سے کبھی اس آدمی کی جانب اور کبھی اشیم کی جانب دیکھنے لگی۔

تیسرا باب

"ہیلو — نیروز کہو کیسے ہو؟" اشیم نے بنچ سے کھڑے ہوتے ہوئے کہا۔

فیروز نے آگے بڑھ کر اس سے ہاتھ ملایا اور کہا۔

"کہو اسٹیشن پر کیسے بیٹھے ہو — کیا سفر کا ارادہ ہے؟"

"نہیں — ایک دوست آرہا ہے اسے لینے آیا ہوں — گاڑی لیٹ تھی اس لئے میں نے سوچا ذرا آرام ہی کرلوں۔"

"میں سمجھا۔ شاید کسی نئے ناول کے لئے پلاٹ تلاش کرنے آئے ہو" نیروز نے ایک زوردار قہقہہ لگاتے ہوئے کہا۔

اور نیروز کے منہ سے یہ فقرہ سن کر لڑکی کی آنکھیں حیرت اور مسرت کے ملے جلے جذبات سے پھٹی رہ گئیں۔

"ناول کے پلاٹ تو زندگی میں قدم قدم پر بکھرے ہوئے ہوتے ہیں!" اشیم نے جواب دیا؟ "ان کے لئے اسٹیشن پر تلاش کرنے کی ضرورت نہیں ہوتی۔"

"بہرحال یہ بتاؤ کہ تم اپنا اگلا ناول مجھے دے رہے ہو یا نہیں — میں نے تم سے

۱۲

"پیار اور آنسو" کے لئے بھی کتنا کہا تھا کہ مجھے دے دو لیکن تم نے "روپ" والوں کو دے دیا۔"

"میں مجبور تھا فیروز" اشیم نے جواب دیا۔ "میں ان سے پیشتر وعدہ کر چکا تھا اس لئے ان کو دینا پڑا۔"

"تو اس مرتبہ مجھ سے وعدہ کر دو کہ اپنا اگلا ناول مجھے دو گے۔"

"ہاں اس مرتبہ میں تم سے وعدہ کرتا ہوں کہ اپنا اگلا ناول تمہیں ضرور دوں گا۔"

"بہت بہت شکریہ!" فیروز نے پر جوش انداز میں اس کا ہاتھ دباتے ہوئے کہا۔ اور پھر بنچ پر بیٹھی ہوئی لڑکی پر ایک نظر ڈال کر مسکراتے ہوئے اشاروں ہی اشاروں میں اشیم سے پوچھا۔

"آپ کی تعریف؟"

"افسوس مجھے خود معلوم نہیں۔" اشیم نے جواب دیا۔

"کیوں مجھے بنا رہے ہو؟" فیروز نے دبے لہجے میں کہا۔ "تمہارے پہلو میں بیٹھی ہے تمہارا ناول پڑھ رہی ہے اور تمہیں نہیں معلوم۔"

"واقعی تم میرا اعتبار کرو — میں محترمہ کے نام تک سے واقف نہیں ہوں۔ اسٹیشن پر ایک بنچ پر بیٹھنا اس بات کا ثبوت تو نہیں کہ وہ میرے ساتھ ہی ہے۔"

"لیکن اس صورت میں جبکہ وہ تمہارا...." فیروز نے مسکراتے ہوئے کہا لیکن اشیم نے فوراً اس کی بات کاٹ دی۔

"یہ اتفاق ہی کہا جا سکتا ہے اس سے زیادہ کچھ نہیں۔"

"بہرحال —" فیروز نے شانوں کو حرکت دیتے ہوئے اسی طرح کی دبی ہوئی آواز میں کہا۔ "اگر یہ محترمہ تمہارے ساتھ نہیں ہیں تو کوشش کرو کہ یہ تمہارے ساتھ ہو جائیں۔ بلکہ زندگی بھر کی ساتھی بنا لو — اور اگر تمہارے ساتھ ہیں تو میری طرف سے

۱۳

مبارکباد قبول کرو ـــــ اچھا اب میں چلتا ہوں۔ مجھے بھی دوسرے پلیٹ فارم پر ایک دوست کی تلاش ہے ـــ پھر ملیں گے تو مفصل گفتگو ہوگی۔"

"بہت اچھا۔" اشیم نے مصافحہ کرتے ہوئے کہا۔

فیروز اس سے رخصت ہو کر تیز چلتا ہوا دوسرے پلیٹ فارم پر جانے والے زینے پر چڑھ گیا اور اشیم دوبارہ بنچ پر بیٹھ گیا۔

لڑکی اب تک خاموشی سے کتاب پر نگاہیں جمائے بیٹھی تھی۔ لیکن اس کے کان اشیم اور فیروز کی گفتگو پر لگے ہوئے تھے۔ اشیم کے تنہا رہ جانے پر اس نے تکھی نظروں سے اس کی طرف دیکھا اور پھر سامنے ایک بورڈ پر نظر جماتے ہوئے بولی۔

"تو آپ کو اشیم کمار کی تحریر بالکل پسند نہیں کیونکہ وہ نکمی ہوتی ہے؟"

"جی ہاں بالکل پسند نہیں۔" اشیم نے مسکراتے ہوئے جلدی سے کہا۔

لڑکی نے اپنا چہرہ اس کی جانب گھمایا تو اشیم نے دیکھا کہ اس کی آنکھوں میں مسرت اور شوخی ناچ رہی تھی۔ اور اس کا چہرہ دلی جوش کی وجہ سے سرخ ہو رہا تھا ـــ دونوں کی نگاہیں ملیں۔ اور وہ کچھ دیر کے لئے اسٹیشن کے ہنگاموں کو بھول کر ایک دوسرے میں گم ہو گئے۔

چند لمحوں کے بعد اشیم نے پوچھا۔

"کیا میں آپ کا نام پوچھ سکتا ہوں؟"

"لتا ـــ" لڑکی نے اس کے چہرے پر نگاہیں جمائے جواب دیا۔

"لتا کماری ـــ" اشیم نے ذرا ڈرامیٹک انداز میں کہا۔ "کتنا خوبصورت نام ہے ـــ میں اپنے اگلے ناول کی ہیروئن کا نام ضرور لتا ہی رکھوں گا۔"

"اور اس کا ہیرو کون ہوگا؟" لتا نے شوخی سے پوچھا۔

"شاید اشیم ہو۔" اس نے مسکرا کر جواب دیا۔ "لیکن اس کا صحیح فیصلہ تو مستقبل

ہی کر سکتا ہے۔"

اتنے ہی میں پلیٹ فارم پر لگے ہوئے لاؤڈ اسپیکر نے چیخ چیخ کر لوگوں کو اطلاع دی کہ گاڑی آ رہی ہے۔ اشیم اور لتا دونوں چونک پڑے اور جلدی سے بنچ سے اُٹھ کھڑے ہوئے۔

"کیا میں امید کر سکتا ہوں کہ آپ سے پھر کبھی شرف ملاقات حاصل ہو سکے گا؟"

"جی ہاں —" لتا نے اپنے پرس میں سے اپنا وزیٹنگ کارڈ نکالتے ہوئے کہا اور پھر اس کی جانب بڑھاتے ہوئے بولی۔ "یہ میرا کارڈ ہے جس پر پورا پتہ درج ہے۔ کل شام آپ غریب خانہ پر تشریف لائیے۔ میں اپنے پتاجی اور ماتا جی سے بھی آپ کا تعارف کراؤں گی۔"

"شکریہ!"

اشیم نے کارڈ لے کر دیکھا تو اس پر لکھا تھا۔

لتا کماری بنسل لاج ٹیگور روڈ دہلی

"تو کیا آپ سیٹھ شنکر لال بنسل کی سپُتری ہیں؟" اشیم نے حیرت سے کارڈ کو دیکھتے ہوئے پوچھا۔

"جی ہاں۔" لتا نے مسکرا کر کہا۔ "کیوں آپ کو مجھ سے مل کر افسوس ہوا؟"

"جی ہاں۔" اشیم نے شوخی سے کہا۔ "اس قدر سخت افسوس ہوا ہے۔ جسے میں زندگی بھر نہیں بھول سکتا۔"

"بہر حال — کل آپ تشریف لا رہے ہیں نا؟"

"یقیناً۔ آپ فرمائیں تو سر کے بل حاضر ہوں۔"

"نہیں۔ فی الحال سر کے بل نہ آیئے ـــــ جوتے آج کل کچھ اتنے مہنگے نہیں ہیں کہ ان کی بچت کی جائے ـــــ ہاں سُنئے! شام کی چائے آپ کو غریب خانہ پر ہی پینی ہوگی۔"

"تکلیف اور تکلف دونوں کے لئے پیشگی شکریہ!"

عین اسی وقت ٹرین دندناتی ہوئی پلیٹ فارم میں داخل ہوئی اور وہ دونوں رخصتی مصافحہ کرکے اپنے اپنے دوستوں کی تلاش میں گاڑی کی جانب دوڑ پڑے۔

چوتھا باب

دوسرے روز ٹھیک چار بجے اشیم بنسل لاج میں پہنچ گیا۔ لتا باہر لان میں کرسیاں ڈالے اس کی منتظر بیٹھی تھی۔

آج وہ سفید سلک کے غرارے اور جمپر میں ملبوس تھی۔ عمدہ شیفون کا سفید دوپٹہ اس کے گلے میں لہرا رہا تھا۔ اور کھلے ہوئے بالوں کے دو حصے کرکے دونوں جانب سفید ہی ربن اس نے باندھ رکھے تھے۔ گویا مکمل طور پر سفید پری بنی ہوئی تھی ـــــ اشیم نے اس کی جانب دیکھا تو حیرت سے دیکھتا ہی رہ گیا۔ لتا اس کی تیز نگاہوں کی تاب نہ لاکر شرما گئی اور اس کی توجہ اپنے گداز جسم سے ہٹانے کے لئے بولی۔

"آیئے بیٹھئے نا ـــــ کیا یوں ہی کھڑے رہنے کا ارادہ ہے؟"

"اوہ شکریہ!" اشیم چونک پڑا ـــــ وہ کرسی کھینچ کر اس کے مقابل بیٹھ گیا۔

لتا نے ملازم کو آواز دے کر چائے لانے کا آرڈر دیا۔

"آپ کہہ رہی تھیں کہ پتا جی سے ملائیں گی؟" اشیم نے بات کا کوئی موضوع نہ

دیکھ کر گفتگو چھیڑی۔
"وہ بھی آنے ہی والے ہیں۔" لتا نے کہا۔ "ان کے کوئی ملاقاتی آئے ہوئے ہیں۔ اس لئے ڈرائنگ روم میں وہ مصروف ہیں۔"
"میں حیران ہوں۔" اشیم نے لتا کے چہرے پر نگاہیں جماتے ہوئے کہا۔ "آخر آپ نے مجھ جیسے غریب اور ایک معمولی مصنّف سے دوبارہ ملنا کیسے قبول کر لیا۔"
"کاش آپ کوئی معمولی مصنّف ہوتے۔" لتا نے مسکرا کر کہا۔
"پھر کیا ہوتا۔"
"پھر کم از کم مجھے آپ کو اپنے گھر پر بلانے کی تکلیف نہ اٹھانی پڑتی۔"
"بس ——؟؟؟"
"بس نہیں —— بہت کچھ ——" لتا نے جواب دیا۔
"تو ابھی کس نے بلانے پر مجبور کیا تھا؟"
"آپ کے انداز تحریر نے —— جو مجھے بے حد پسند ہے —— اور آپ کی اس شرارت نے جو آپ نے اسٹیشن پر فرمائی تھی۔"
"میں نے تو اپنے بارے میں جو کچھ کہا تھا وہ سوچ سمجھ کر ہی کہا تھا۔"
"ایک مصنّف کو اپنے بارے میں کوئی فیصلہ کرنے کا اختیار نہیں ہوتا —— بلکہ اس بات کا فیصلہ اس کی تحریریں پڑھنے والے عوام کرتے ہیں کہ آیا وہ کیسا لکھتا ہے؟"
"لیکن پھر بھی اپنی کمزوریوں کو ایک مصنّف ہی بہتر سمجھ سکتا ہے۔ اس لئے میں بھی اپنی خامیوں کی جانب سے آنکھیں بند کرنا نہیں چاہتا۔"
"یہ صرف آپ کی کسر نفسی ہے۔" لتا نے جواب دیا۔
لتنے ہی میں برآمدے میں ادھیڑ عمر کا ایک مرد اور ایک عورت نمودار ہوئے۔
"لو۔ ماتاجی اور پتاجی بھی آگئے۔" لتا نے کہا۔

۱۷

اشیم کرسی سے اُٹھ کھڑا ہوا اور دونوں کو نمستے کہا۔ لتا تعارف کراتے ہوئے بولی۔

" پتا جی ــــ یہ مسٹر اشیم ہیں۔ ہندوستان کے مشہور ناولسٹ۔ جن کا نیا ناول "پیار اور آنسو" کل آپ بھی پڑھ رہے تھے۔"

" مجھے آپ سے مل کر بہت خوشی ہوئی۔" سیٹھ شنکر ناتھ بنسل نے مصافحہ کرتے ہوئے کہا۔

" واقعی بیٹا اشیم۔ تم بہت خوب لکھتے ہو۔" لتا کی ماں نے پیار بھرے لہجہ میں تعریف کی۔

" میں کس قابل ہوں۔" اشیم نے انکساری سے کہا۔" یہ تو آپ لوگ ذرّہ نوازی فرما رہے ہیں۔"

اسی طرح کی چند پُر تکلف باتوں کے بعد۔ وہ لوگ کرسیوں پر بیٹھ گئے۔ ملازم نے میز پر چائے لا کر لگا دی اور وہ سب چائے پینے میں مشغول ہو گئے۔

چائے سے فارغ ہونے کے بعد لتا کے ماتا اور پتا دونوں کسی ضروری کام سے جانے کے لئے معذرت کر کے ان سے رخصت ہو گئے ــــ اور اشیم و لتا دونوں پھر ایکدوسرے کے مقابل بیٹھے ہوئے تنہا رہ گئے۔

" آئندہ آپ کونسا ناول لکھ رہے ہیں؟ لتا نے سوال کیا۔

" پتھر کے پھول "

" عجیب نام ہے؟ "

" جی ہاں ـــ اور اس کی ہیروئن ناول سے بھی زیادہ عجیب ہے"

" کون ہوگی اس کی ہیروئن؟ "

" میں کل بتا چکا ہوں"

"ناول کا نام تو بہت خوبصورت ہے۔ ایسے اچھے ناول کے لئے آپ نے ہیروئن اچھی نہیں چُنی۔"

"ہیروئن کو یہ فیصلہ کرنے کا کوئی حق نہیں کہ وہ اچھی ہے یا بُری۔ اس کا فیصلہ صرف مصنّف کر سکتا ہے۔"

"بدلہ اتار رہے ہو؟"

"نہیں۔ دل کی بات بتا رہا ہوں۔"

"کیا مصنفوں کے سینہ میں دل بھی ہوتا ہے؟" لتا نے شوخی سے آنکھیں نچاتے ہوئے کہا۔

"کل تک تو تھا۔ کل سے نہ جانے کہاں غائب ہو گیا۔" اسیم نے اس کی آنکھوں میں آنکھیں ڈالتے ہوئے کہا۔

"یہ تو بہت بُرا ہوا۔ تلاش کیجئے نہ اپنا دل۔ کہاں چلا گیا؟"

"تلاش تو کر رہا ہوں۔" اس نے لتا کی آنکھوں میں بدستور جھانکتے ہوئے کہا۔

لتا چائے کی میز کے دوسری جانب بیٹھی تھی۔ وہ میز پہ ایک ہاتھ کی کہنی کا سہارا لئے جھکی ہوئی تھی اور دوسرا ہاتھ ایش ٹرے سے کھیل رہا تھا۔

اسیم نے سگریٹ کا ٹکڑا ایش ٹرے میں ڈالتے ہوئے کہا۔

"ہاتھ ہٹا لیجئے۔ کہیں جل جائے۔"

"آپ کو میرا ہاتھ جلنے کا اتنا فکر ہوا۔ لیکن ...."

وہ کچھ کہتے کہتے رُک گئی۔

"لیکن کیا؟" اسیم نے سوال کیا۔

"ایک آگ ایسی بھی تو ہوتی ہے جس کا پتہ تک نہیں چلتا اور وہ سب کچھ جلا کر خاک کر دیتی ہے۔" لتا نے شرماتے ہوئے کہا۔

"کیا واقعی ۔۔؟" اشیم نے شوخی سے کہا۔ "کیا ایسی بھی کوئی آگ ہوتی ہے؟"
لتا نے تیکھی نگاہوں سے اشیم کی جانب دیکھا اور کہا۔
"جبھی تو میں کہتی ہوں کہ مصنفوں اور ادیبوں کے سینے میں دل نہیں ہوتا۔"
"میں نے کب انکار کیا ہے ۔۔۔ میں تو تسلیم کر چکا ہوں کہ کل تک سینے میں دل تھا لیکن کل سے خدا جانے کہاں چلا گیا۔"
"جھوٹ۔" لتا نے شرماتے ہوئے کہا۔
"تمہاری قسم۔"
اشیم نے بے تکلفی سے لتا کے اس ہاتھ پر اپنا ہاتھ رکھ دیا جو ایش ٹرے سے کھیل رہا تھا۔ اور اس کے سارے جسم میں بجلی کی سی لہریں دوڑ گئیں۔
لتا کا ہاتھ کتنا خوبصورت تھا ۔۔ بالکل ریشم کی طرح ملائم ۔۔۔ مخروطی انگلیاں ہاتھی دانت کی طرح سڈول اور اسپنج کی طرح نرم تھیں۔ وہ گرم گرم ہاتھ۔ ہاتھ میں آنے کے بعد اشیم کو ایسا محسوس ہوا جیسے خیالی جنت سمٹ کر اس کے ہاتھ میں آگئی ہو۔
لتا نے کوئی اعتراض نہ کیا۔ بلکہ اس نے شرما کر نگاہیں جھکا لیں۔ اشیم نے محسوس کیا کہ لتا کا ہاتھ کانپ رہا تھا۔
"لتا ۔۔۔!" اشیم نے اپنے لہجے میں اپنے دل کا سارا پیار بھرتے ہوئے اسے پکارا ۔۔۔
"اشیم ۔۔۔!" لتا نے نظریں اٹھا کر اس کی جانب دیکھا۔
"کیا میں واقعی اتنا خوش قسمت ہوں کہ تم میری محبت کا نذرانہ قبول کر رہی ہو۔"
"خوش قسمتی تو میری ہے اشیم۔"
"لیکن میں تو ایک غریب مصنف ہوں۔"
"تمہارے پاس فن کی اتنی بڑی دولت ہے جس کے سامنے کروڑوں روپے ہیچ ہیں۔"

"اوہ — لتا — تم نے مجھے زمین سے اٹھا کر آسمان پر بٹھا دیا ہے۔ میں واقعی بہت خوش قسمت ہوں۔ کاش میری قسمت ہمیشہ اسی طرح عروج پر رہے۔" یہ کہہ کر اس نے لتا کا ہاتھ چوم لیا۔ اور لتا کے سارے جسم میں جیسے جھرجھری سی آگئی۔ شرم کی وجہ سے اس کا چہرہ گلنار ہوگیا۔

اور اسی روز اندھیرا چھا جانے کے بعد جب اشیم لتا سے رخصت ہونے لگا۔ تو لتا اُسے دروازہ تک چھوڑنے آئی۔ چاروں طرف تاریکی پھیل چکی تھی۔ پہلی تاریخ کا باریک چاند آسمان کے ایک کونے میں نگینہ کی طرح جگمگا رہا تھا۔ ستارے بکھرے ہوئے موتیوں کی طرح سیاہ آسمان کی گود میں دمک رہے تھے۔

بڑے پھاٹک کے سایہ میں کھڑے ہو کر جب لتا نے اس سے رخصتی مصافحہ کیا تو اشیم اپنے جذبات پر قابو نہ رکھ سکا۔ اس نے بالکل غیر ارادی طور پر لتا کی کمر میں ہاتھ ڈال دیا اور تیزی سے اسے کھینچ کر اپنے چوڑے چکلے سینے میں سمو لیا۔ اور اس کے بیتاب ہونٹ لتا کے رس بھرے گلابی ہونٹوں سے چپک گئے — گویا ان کی محبت ڈیڑھ دن کے عرصہ میں پیدا بھی ہوئی اور جوان بھی ہوگئی۔

پانچواں باب

اشیم اور لتا کی محبت پروان چڑھتی رہی۔ ان دونوں نے چند دنوں میں ہی محبت کی تمام منزلیں طے کرلیں۔ لتا نے اسے یقین دلایا کہ وہ ہمیشہ کے لئے اس کی ہوگئی چاہے دنیا اِدھر کی اُدھر ہو جائے لیکن وہ اس سے جدا نہیں ہوگی۔

۲۱

پانچ چھ ماہ تک اسی طرح وہ دونوں دنیا کے غم و فکر سے آزاد محبّت کے جھولے میں جھولتے رہے۔ پانچ چھ ماہ بعد ایک روز لتا بڑی پریشان اور مغموم اشیم کے کمرے پر آئی۔ اشیم اس کے چہرے پر غم کے آثار دیکھ کر تڑپ اٹھا۔ اس نے لتا کو اپنی آغوش میں کھینچ لیا۔ اور اس کے ہونٹوں پر مہر محبت ثبت کرتے ہوئے بولا۔

"کیا بات ہے میری جان ــــ آج رُخ انور پہ رنج و غم کی لہریں کیسی ہیں؟"

لتا اس کے شانے سے لگ کر بلکنے لگی۔ تو اشیم اور بھی زیادہ پریشان ہو گیا۔ اس نے لتا کو آرام سے کرسی پر بٹھاتے ہوئے اسے تسلی دی اور کرسی کی پشت پر کھڑے ہو کر اس کے ریشمی بالوں میں انگلیوں سے کنگھی کرتے ہوئے بولا۔

"کچھ مجھ سے بھی تو کہو ڈارلنگ!"

"اشیم ــــ!" لتا نے کچھ دیر کے بعد بمشکل اپنے جذبات پر قابو پاتے ہوئے کہا۔" دولت تمہارے اور میرے درمیان حائل ہونا چاہتی ہے۔"

"کیا مطلب؟" اشیم لپینٹ سے ہٹ کر اس کے سامنے آکر بیٹھ گیا۔

"مطلب یہ کہ پتا جی میری شادی ایک دولت مند سے کرنا چاہتے ہیں۔"

"کون ہے وہ؟"

"شہر کا مشہور رئیس انل کمار۔"

"کیا وہ بہت دولت مند ہے؟"

"ہاں۔ اس کی بمبئی میں دو ملیں ہیں۔ شہر میں دسیوں کوٹھیاں ہیں۔"

"پھر تم نے پتا جی سے کیا کہا؟"

"میں نے تو صاف طور سے کہہ دیا کہ میں تم سے شادی کروں گی ــــ لیکن پتا جی نے مجھے دھمکی دی ہے کہ اگر میں نے ان کی مرضی کے خلاف شادی کی تو وہ گولی مار کر خودکشی کر لیں گے۔ اب میں حیران ہوں کہ کیا کروں؟"

۲۲

"پھر ـــــ تم انل سے شادی کر لو ـــــ" اشیم نے افسردہ لہجہ میں کہا ـــــ "ہر طرح سے وہ تمہارے لائق ہے ـــــ میں پھر بھی ایک مفلس و نادار شخص ہوں ـــــ"

"ایسی بات نہ کہو" لتا نے ملامت آمیز لہجہ میں کہا۔ "میں تمہارے بغیر زندہ نہیں رہ سکتی ـــــ"

"اچھی طرح سوچ لو لتا ـــــ بعد میں پھر پچھتانا پڑے گا ـــــ ظاہر ہے کہ میں تمہارے لئے کوٹھی اور کار کا بندوبست نہ کر سکوں گا۔ میرے ساتھ رہ کر تمہیں ایک معمولی مکان میں رہنا پڑے گا ـــــ اپنے ہاتھ سے کھانا پکانا ہو گا ـــــ کلبوں اور ہوٹلوں کی زندگی ختم ہو جائے گی۔"

"تم اگر میرے ساتھ ہو گے تو مجھے یہ سب کچھ منظور ہو گا اشیم ـــــ" لتا نے پُر یقین لہجہ میں کہا۔

"بعد میں پچھتاؤ گی تو نہیں؟"

"پچھتانا کیسا ـــــ میں تو اسے اپنی خوش نصیبی سمجھوں گی ـــــ دولت سے محبت کا مول نہیں کیا جاتا اشیم ـــــ تم اندازہ نہیں لگا سکتے کہ میں تمہیں کس قدر چاہتی ہوں ـــــ میں نے اپنی زندگی میں پہلی اور آخری بار تم سے محبت کی ہے ـــــ میں اس محبت کو دولت پر قربان نہیں کر سکتی۔"

"لیکن پتا جی کا کیا ہو گا؟"

"بس ایک یہی سوال مجھے پریشان کر رہا ہے۔"

"ظاہر ہے کہ تم ان کی مرضی کے خلاف نہیں جا سکتیں۔"

"لیکن میں ان کی وجہ سے اپنی زندگی بھر کی خوشی بھی تو قربان نہیں کر سکتی۔"

"پھر کیا ہو گا؟"

"اشیم ـــــ" لتا نے جوش میں آ کر اشیم کے دونوں ہاتھ اپنے ہاتھوں میں لے

کر کہا "میں نے فیصلہ کر لیا ہے کہ خواہ مجھے تمہارے لئے پتاجی اور ماتاجی کو چھوڑنا پڑے میں سب کچھ برداشت کر لوں گی۔ لیکن تمہیں نہیں چھوڑوں گی۔"

"میں تمہاری اس ذرّہ نوازی اور محبت کے لئے ساری زندگی تمہارا ممنون احسان رہوں گا لتا ۔۔۔ اور زندگی بھر تمہاری پرستش کروں گا ۔۔۔ میں عہد کرتا ہوں کہ زندگی بھر تمہارے سوا کسی دوسری عورت کو آنکھ اٹھا کر بھی نہیں دیکھوں گا۔ میری زندگی کی بہار تم اور صرف تم ہوگی۔"

"تو میں بھی تم سے عہد کرتی ہوں کہ ساری زندگی تمہارے قدموں میں تمہاری داسی بن کر گذار دوں گی ۔۔۔ میں قسم کھاتی ہوں کہ تمہیں پانے کے لئے دنیا بھر کی بڑی سے بڑی دولت اور بڑی سے بڑی طاقت کو ٹھکرا دوں گی۔"

یہ کہہ کر اس نے اسیم کے گلے میں اپنی صندلی باہیں حمائل کر دیں اور اسیم نے اُسے سینے سے چمٹا کر بے تحاشا اس کے ہونٹوں اور رخساروں پر بوسوں کی بارش کر دی۔

عہد و پیمان کرنے کے بعد لتا کا غم بہت کچھ کم ہو گیا۔ اب اس کے چہرے پر تسلی اور اطمینان کے آثار نظر آنے لگے تھے۔ کچھ دیر بعد اسیم نے پوچھا۔

"کیا تم نے انل کو دیکھا ہے؟"

"ہاں ۔۔۔ کیوں؟"

"کیسا آدمی ہے؟"

"کس لحاظ سے؟"

"صورت شکل اور کردار کے لحاظ سے!"

"صورت شکل کے لحاظ سے تو اچھا خاصا ہے لیکن کیرکٹر کے لحاظ سے بڑا ذلیل آدمی ہے ۔۔۔ رات دن لڑکیوں کے پیچھے گھومتا رہتا ہے۔ بے انتہا شراب پیتا ہے۔ کلبوں میں جوئے کھیلتا ہے۔ اور یہ ساری دولت وہ مزدوروں کا خون

چوس چوس کر جمع کرتا ہے۔ اس کی نظروں کے سامنے اگر اس کا ملازم تڑپ تڑپ کر بھی دم توڑ دے تو بھی وہ اس کی مدد کے لئے ایک پیسہ جیب سے نہیں نکالے گا۔"

"بڑا خراب آدمی ہے!"

"صرف خراب ہی نہیں بلکہ بڑا ذلیل بھی ہے ـــــ اور پتا جی مُصر ہیں کہ میں اسی کے ساتھ شادی کر دوں۔"

"حیرت ہے کہ اس روشن زمانے کے ہونے کے باوجود آپ کے پتا جی اندھا دُھند آپ کی شادی کردینا چاہتے ہیں!"

"ان کی نظر میں دولت کے سوا کچھ نہیں ـــــ وہ سمجھتے ہیں کہ اتُل کروڑ پتی ہے اُن کی بیٹی راج کرے گی ـــــ لیکن وہ یہ نہیں سمجھتے کہ جہاں محبت نہ ہو وہاں دولت بھی دل کو سکون نہیں پہنچا سکتی!"

"کیا تم نے اپنے پتا جی کو سمجھانے کی کوشش کی تھی؟"

"بہت زیادہ ـــــ لیکن ان کا صرف ایک جواب ہے ـــــ "میری مرضی کے بغیر تم شادی نہیں کر سکتیں اگر ایسا کروگی تو اپنے باپ کے خون کی ذمہ دار ہوگی!"

"عجیب مصیبت آپڑی ہے۔ ان حالات میں لتا اگر واقعی تمہارے پتا جی نہ مانے ـــــ فرض کرلو ہم نے شادی کرلی اور تمہارے پتا جی نے خدا نہ خواستہ اپنے آپ کو کچھ کرلیا تو کیا ہوگا؟"

"کچھ بھی ہو" لتا نے جوش میں آکر کہا۔ "میں اپنی محبت قربان نہیں کرسکتی میں جانتی ہوں کہ اگر میں نے تم سے شادی کرلی، اور پتا جی نے اگر خودکشی نہ بھی کی، تو بھی وہ خفا ہو کر اپنی جائداد اور دولت سے مجھے ضرور محروم کردیں گے ـــــ لیکن مجھے دولت کی بالکل پرواہ نہیں ـــــ میں ایسی ایسی سینکڑوں جائدادیں اور دولتیں تمہارے لئے قربان کرسکتی ہوں۔"

"تم نے میرے اندر نئی روح پھونک دی ہے لتا—" اشیم نے کہا۔ "تمہاری جرأت اور قربانی کا جذبہ دیکھ کر میرے اندر بھی جوش پیدا ہو گیا ہے۔ کاش میں کسی طرح تمہاری ان ذہنی تکلیفوں کا ازالہ کر سکتا۔ میں اچھی طرح سمجھ رہا ہوں لتا کہ تمہارے دماغ میں ایک طوفان اٹھ رہا ہوگا۔ تمہارے ایک جانب ماں باپ کی محبت اور فرض ہے اور دوسری جانب میری مفلس و نادار محبت— تمہیں فیصلہ کرنا ہے کہ تم کہاں جانا چاہتی ہو۔ تمہیں ان دونوں چیزوں میں سے ایک کا انتخاب کرنا ہے۔ واقعی اس وقت تمہارا ذہن ایک روح فرسا کشمکش میں مبتلا ہوگا۔ بتاؤ۔ آخر میں کس طرح تمہاری اس خلش کو دور کر سکتا ہوں— لتا میں تمہارے سکون و آرام کے لئے اپنی جان تک قربان کر سکتا ہوں۔ یہ مت سمجھنا کہ یہ بات صرف الفاظ تک محدود ہے۔ تم جب چاہو اپنے اشیم کو آزما سکتی ہو۔"

"مجھے تم پر بھروسہ ہے اشیم!" لتا نے جواب دیا اور اٹھتے ہوئے بولی۔ "اچھا اب میں چلتی ہوں۔ کافی دیر ہو گئی۔ کل آکر بتاؤں گی کہ پتاجی نے اپنی رائے میں کوئی تبدیلی کی ہے یا نہیں۔"

"بہت اچھا— میں منتظر رہوں گا۔" اشیم نے جواب دیا اور رخصتی بوسہ دے کر لتا کو رخصت کر دیا۔

چھٹا باب

ایک ہفتہ گذر گیا اور کوئی خاص واقعہ پیش نہ آیا۔ اس دوران میں لتا کئی

۲۶

یار اشیم سے ملی اور ہر بار اس نے بتایا کہ پتاجی نے اپنے فیصلہ میں کوئی تبدیلی نہیں کی۔ ایک ہفتہ بعد اشیم ایک روز شام کو ٹہلنے کے لئے نکلا تھا کہ ایک جوہری کی دکان میں اس نے لتا کو زیورات کی الماری کے پاس کھڑے ہوئے دیکھا۔ لتا اس کی جانب سے آڑی کھڑی تھی۔ اور سیلزگرل سے باتیں کرنے میں مشغول تھی اس کے برابر میں ہی ایک نوجوان کھڑا تھا۔ نوجوان قبول صورت اور خوش لباس تھا۔ دکان سے باہر ایک قیمتی کار کھڑی تھی۔

لتا کو اس نوجوان کے ساتھ دیکھ کر اشیم کے دل کو ایک سخت دھچکا سا لگا۔ سیر و تفریح کرنے کی ساری خواہش ختم ہو گئی۔

"کون ہے یہ نوجوان"؟ اس نے اپنے دل سے سوال کیا۔ "کیا انل ہے --؟ لیکن انل کیسے ہو سکتا ہے؟ لتا تو کہتی تھی کہ اُسے انل سے نفرت تھی۔ پھر وہ اس کے ساتھ خرید و فروخت کرنے کیسے آسکتی تھی؟"

وہ سڑک کے دوسری جانب فٹ پاتھ پہ کھڑا تھا لیکن اس کی نگاہیں لتا اور اس نوجوان پر لگی ہوئی تھیں۔ لتا کبھی کبھی بڑے انداز سے ہنس کر اس نوجوان سے بھی باتیں کر لیتی تھی۔ تھوڑی دیر کے بعد ہی غالباً اس نے اپنے لئے کوئی چیز پسند کر لی۔ سیلزگرل نے زیور کا خوبصورت بکس پیک کر کے لتا کے حوالے کر دیا۔ اور نوجوان نے اس کی قیمت ادا کر دی ---- اس کے بعد وہ باہر نکلنے کے لئے سڑک کی جانب مڑے تو اشیم اپنی محویت سے چونکا اور تیز تیز قدم اٹھاتا ہوا ایک جانب کو روانہ ہو گیا کیونکہ وہ نہیں چاہتا تھا کہ لتا یہ سمجھے وہ اس کی نقل و حرکت کی نگرانی کر رہا تھا۔

لیکن اب اسے افسوس ہو رہا تھا کہ کیوں وہ اس وقت بازار کی جانب آیا۔ اگر وہ اپنی آنکھوں سے لتا کو کسی نوجوان کے ساتھ اس بے تکلفی سے ہنستے اور تحفہ

قبول کرتے ہوئے نہ دیکھتا تو کم از کم اس روحانی تکلیف سے تو بچا رہتا۔

نہ جانے کب تک وہ بے چینی کے ساتھ سڑکوں پر آوارہ گردی کرتا رہا۔ آخر جب سورج غروب ہو گیا اور بازار برقی قمقموں سے جگمگا اُٹھے۔ تو وہ تھکاوٹ دور کرنے کی غرض سے ایک ہوٹل میں چائے کا ایک کپ پینے کے لئے گھس گیا۔

لیکن ہوٹل میں اندر قدم رکھتے ہی پھر ایک نیا صدمہ اس کے دل کو پہنچا۔ وہ ہوٹل کے ہال کمرے میں داخل ہو کر سر جھکائے ہوئے ایک خالی میز کی طرف جا رہا تھا کہ ایک جانے پہچانے قہقہے نے اسے چونکا دیا۔ اس نے گھوم کر دیکھا تو قریب ہی ایک میز پر لتا اور وہ نوجوان بیٹھے تھے۔ چائے کا پر تکلف سامان میز پر سجا ہوا تھا اور لتا نہ جانے کس بات پر قہقہے لگا رہی تھی۔ مسرت اور جوش کے باعث اس کا چہرہ سُرخ ہو رہا تھا ــــ یکایک لتا کی نظر اشیم پر پڑی اور اس کا قہقہہ حلق میں ہی گھُٹ کر رہ گیا ــــ اشیم کے چہرے پر شکوک کے آثار دیکھ کر وہ ہیلی پڑ گئی ــــ اشیم نے ٹھٹک کر ایک دو لمحہ ان کی جانب دیکھا اور پھر سر جھٹک کر آگے بڑھ گیا۔ لیکن اسے فوراً ہی لتا نے آواز دی۔

"مسٹر اشیم!"

وہ لتا کی آواز سُن کر گھوم پڑا۔ اور مرے مرے قدموں سے ان کے سامنے جا کھڑا ہوا۔

"اوہ! مسٹر اشیم آیئے ہمارے ساتھ چائے پیجئے۔"

"شکریہ!" اشیم نے ہونٹوں پر زبردستی مسکراہٹ لاکر ذرا طنزیہ انداز میں کہا۔ "میں آپ لوگوں کے تخلیہ میں مخل نہیں ہونا چاہتا۔"

"نہیں نہیں۔ ایسی کوئی بات نہیں ــــ" لتا نے جلدی سے کہا۔ "آیئے۔ آپ سے ملئے۔ آپ ہیں مسٹر انل کمار ــــ اور مسٹر انل یہ میرے دوست مسٹر اشیم ہیں

۲۸

ہندوستان کے مشہور ناول نگار ۔۔۔"

انل نے بڑے تکلف کے ساتھ اُٹھ کر ہاتھ ملایا اور کرسی کی جانب اشارہ کرتے ہوئے بولا۔

"آیئے آیئے مسٹر اشیم تشریف رکھئے ۔۔۔ ہم ایسی کوئی خاص بات نہیں کر رہے تھے آپ کی موجودگی سے جس میں خلل پڑتا ہے۔"

اشیم بیٹھ گیا ۔۔۔ لتا نے چائے بنا کر اس کی جانب بڑھا دی ۔۔۔ لتا اب خاموش تھی ۔۔۔ اس کے قہقہے سنجیدگی کی راکھ میں دفن ہو چکے تھے۔

"آپ کے کئی ناول میری نظروں سے گذرے ہیں مسٹر اشیم۔" انل نے ماحول کو یکا یک سنجیدگی میں تبدیل ہوتے دیکھ کر گفتگو کا آغاز کیا۔ "واقعی آپ الفاظ میں جان ڈال دیتے ہیں۔ آپ زندگی کی صحیح عکاسی کرتے ہیں۔"

"شکریہ!" اشیم نے زیر لب مسکرا کر تکلفاً کہا۔ "آپ کی ذرہ نوازی ہے۔"

"میں تو حیران ہوں کہ پتہ نہیں یہ اتنے اچھے پلاٹ کہاں سے تلاش کر لیتے ہیں۔" لتا نے کہا۔

"زندگی میں قدم قدم پر افسانوں اور ناولوں کے پلاٹ ملتے ہیں مس لتا۔" اشیم نے فلسفیانہ انداز میں جواب دیا۔ "ہر انسان کی زندگی ایک ناول ہوتی ہے۔ فرق صرف اسے بیان کرنے یا تحریر کرنے کا ہے۔"

"کیا میں بھی افسانہ نگار بن سکتی ہوں۔" لتا نے ہنس کر پوچھا۔

"کیوں نہیں ۔۔۔ اگر آپ کوشش کریں تو ضرور بن سکتی ہیں۔" اشیم نے جواب دیا۔

"آپ کو افسانہ نگار بننے کی کیا ضرورت ہے؟" انل نے ہنس کر کہا۔ "آپ کی ذات سے ہی تو افسانے بنائے جاتے ہیں۔"

"جی ہاں ۔۔۔" اشیم نے ذرا نیم طنزیہ انداز میں کہا۔ "اور خاص طور پر

۲۹

ٹریجڈی افسانے۔"

لتا، اشیم کی اس درپردہ چوٹ کو سمجھ گئی ــــ اس کے ہونٹوں کی مسکراہٹ یکلخت ختم ہوگئی اور چہرے پر فکر کے آثار پیدا ہو گئے۔

تھوڑی دیر اور وہ تینوں بیٹھے ہوئے اِدھر اُدھر کی گفتگو میں مشغول رہے پھر اُٹھ کر باہر آ گئے ــــ انل کی خوبصورت کار ہوٹل کے پارک میں کھڑی ہوئی تھی۔ انل نے پیش کش کی کہ وہ اشیم کو اپنی کار میں چھوڑتا جائے گا۔

"نہیں، بس شکریہ۔" اشیم نے تکلفاً انکار کر دیا۔

"آیئے نا! اس میں تکلف کی کیا بات ہے۔" انل نے اصرار کیا۔

"ایک روز کار میں بٹھا کر آپ مجھ غریب کی کیوں عادت بگاڑتے ہیں ــــ؟" اشیم نے ہنس کر کہا۔

لتا کا چہرہ پھر سنجیدہ ہو گیا ــــ انل نے زبردستی اشیم کا ہاتھ پکڑ کر اسے کار میں بٹھا لیا ــــ اور کار سڑک پر دوڑنے لگی۔

"بس مجھے یہاں اُتار دیجئے ــــ وہ سامنے میرا غریب خانہ ہے۔" اشیم نے لبِ سڑک ایک چھوٹے سے مکان کی جانب اشارہ کرتے ہوئے کہا۔

انل نے کار روک لی ــــ اشیم اس کا بہت بہت شکریہ ادا کر کے کار سے اُتر گیا۔ اور کار ان دونوں کو اپنی آغوش میں سمائے اس کی نظروں سے اوجھل ہو گئی ــــ

اشیم کار کی پشت پر لگی ہوئی سُرخ روشنیوں کو گھورتا رہ گیا۔ اسے ایسا محسوس ہوا جیسے دو خوفناک آنکھیں اس کو گھور رہی ہیں اور اسے تنبیہہ کر رہی ہیں کہ آگے قدم مت بڑھانا ــــ

ساتواں باب

دوسرے روز اسے بخار تھا ــــ رات بھر وہ نہ جانے کیوں ایک لمحہ کیلئے بھی نہ سو سکا ــــ حالانکہ لتا کی جانب سے کوئی ایسا حوصلہ شکن رویہ اختیار نہیں کیا گیا تھا۔ پھر بھی انل کے ساتھ اس کو دیکھ کر اسیم کے دل کو سخت صدمہ پہنچا تھا

وہ جانتا تھا کہ لتا سوسائٹی گرل ہے۔ رات دن نوجوان مردوں کے ساتھ اُٹھنے بیٹھنے اور گھومنے پھرنے کی اُسے عادت ہے ــــ اس طرح اگر ہر ملاقاتی پر اس کو مشکوک نظر سے دیکھا گیا تو مستقبل کی زندگی کیسے گذر سکتی ہے ــــ کسی مرد سے ملنا اور بے تکلف ہونا اس بات کی دلیل نہیں کہ وہ اس سے محبت کرنے لگی ہے ــــ لیکن یہ تمام باتیں سوچنے کے باوجود نہ جانے کیوں انل کے معاملہ میں اس کا دل اعتبار نہ کر سکتا تھا۔ شاید انل کے علاوہ کسی اور نوجوان کو وہ لتا کے ساتھ دیکھ لیتا تو اس کے دل کو ذرہ بھر بھی ملال نہ ہوتا۔ لیکن ان حالات میں جبکہ انل لتا سے شادی کا خواہشمند تھا ــــ اسے لتا کے پتا کی ہمدردیاں حاصل تھیں خود اس کی بے پناہ دولت اس کی مددگار تھی۔ ان حالات میں ایک حد تک اس کے شکوک جائز بھی تھے۔

بہرحال مختصر یہ کہ وہ رات بھر میں ایک لمحہ کے لئے بھی نہ سو سکا ــــ صبح ہوتے ہوتے شاید کچھ دیر کے لئے اسے غنودگی سی ہوئی تھی ــــ لیکن سورج کی پہلی کرن اپنے چہرے پر پڑتے ہی وہ چونک کر اُٹھ بیٹھا ــــ اس وقت اسے محسوس ہوا کہ سارا جسم بخار سے

تپ رہا تھا — دماغ پتھر کی طرح بوجھل اور بے جان تھا۔ اور آنکھوں سے چنگاریاں سی نکل رہی تھیں۔ وہ پھر بستر پر لیٹ گیا۔ اور آنکھیں بند کر کے لتا کے تصور میں گم ہو گیا۔

ایک زوردار کھٹکے کے ساتھ دروازہ کھلنے کی آواز سن کر اس نے آنکھ کھول کر دیکھا تو سامنے سچ مچ لتا کھڑی تھی۔

ہلکے گلابی رنگ کے لباس میں وہ سچ مچ فرشتہ معلوم دے رہی تھی۔ اس کے ہونٹوں پر ایک دلنواز مسکراہٹ کھیل رہی تھی۔

"جناب دس بج چکے ہیں اور آپ ابھی تک بسترِ استراحت پر آرام فرما رہے ہیں" لتا نے دونوں کولہوں پر رقص کے سے انداز میں ہاتھ رکھ کر کہا۔

اشیم نے جواب دینا چاہا۔ لیکن آواز حلق میں پھنس کر رہ گئی — اسے سخت پیاس معلوم ہونے لگی — حلق میں کانٹے سے پھنسے ہوئے تھے — بہ مشکل تمام اس نے کہا۔

"پانی —"

لتا نے اشیم کی مایوس آنکھوں میں تکلیف کی جھلک دیکھ لی — وہ تڑپ کر آگے بڑھی اور اشیم کی پیشانی پر ہاتھ رکھ کر دیکھا تو وہ بخار میں بھن رہا تھا۔

"ارے۔ تمہیں تو سخت بخار ہے۔" اس نے گھبرائے ہوئے لہجہ میں کہا۔ اور دوڑتی ہوئی پانی لینے چلی گئی — پانی لا کر اس نے اشیم کو سہارا دے کر اٹھایا اور اس کا سر اپنے شانے سے لگا کر پانی کا گلاس اس کے ہونٹوں سے لگا دیا۔

اشیم کو ایک عجیب قسم کی راحت کا احساس ہونے لگا۔ لتا کی آغوش کی ہلکی آنچ میں اس کے بخار کی تمام جلن تحلیل ہو کر رہ گئی۔ اسے محسوس ہوا جیسے کسی نے کھولتے ہوئے لاوے سے نکال کر برف کی سلیوں پر لٹا دیا ہے — اس کے دل میں خواہش

پیدا ہوئی۔ کاش اسی مقام پر گردشِ دوراں رُک جائے۔ کاش لتا کی آغوش میں اسی طرح اس کا دم نکل جائے ـــ تاکہ اس کے دل میں کوئی حسرت باقی نہ رہے۔

پانی کے دو گھونٹ پی کر اس کے خشک حلق اور جلتے ہوئے سینے میں ٹھنڈک سی پڑ گئی۔ لتا نے گلاس میز پر رکھ کر آہستہ سے پھر اُسے تکیہ پر لٹا دیا اور بولی۔

"بخار کب سے ہے؟"

"مجھے خود پتہ نہیں۔" اسیم نے جواب دیا۔

"کل بھی تمہارا چہرہ اُداس تھا ـــ کیا کل سے بخار ہے؟"

"نہیں ـــ کل جب گھر سے چلا تھا تو اچھا خاصا تھا۔"

"پھر کیا ہوا ـــ؟"

"کچھ نہیں ـــ گھر آیا تو طبیعت کسلمندسی تھی ـــ اور اب تم کہتی ہو کہ بخار ہے۔"

"کیا رات بھر سو نہیں سکے؟"

"تم نے کیسے اندازہ لگایا؟"

"سوجی ہوئی آنکھوں سے۔"

"شاید ایسا ہی ہو۔"

"کیوں ـــ؟"

"مجھے خود معلوم نہیں۔"

"لیکن مجھے معلوم ہے۔" لتا نے اس کے بالوں میں انگلیاں پھیرتے ہوئے کہا۔

"پھر مجھ سے کیوں دریافت کر رہی ہو؟"

"تمہاری زبان سے سننا چاہتی ہوں۔"

"تمہارے خیال میں کیوں میں رات بھر نہیں سو سکا؟"

"کیونکہ تم نے مجھے انل کے ساتھ دیکھ لیا تھا۔"

۳۳

"اس سے کیا ہوتا ہے۔" اشیم نے زبردستی مسکراتے ہوئے کہا۔ "تم جسے
جس کے ساتھ تفریح کرو۔ مجھے اس بات پر گلہ یا افسوس کرنے کا کیا حق حاصل
ہے ---؟"

"حق ہے جبھی تو تم رات بھر سو نہیں سکے۔"

"ایک مفلس ادیب کے سونے نہ سونے سے تمہیں کیا فرق پڑ سکتا ہے۔
تمہیں تو یقیناً آرام سے نیند آئی ہوگی۔"

"اشیم ---!" لتا نے اس کا ہاتھ اپنے ہاتھ میں لے کر سہلاتے ہوئے کہا
"ایشور کے لئے غلط فہمی میں مبتلا ہونے کی کوشش مت کرو۔"

"آنکھوں دیکھی بات کو غلط فہمی نہیں کہا جا سکتا لتا!"

"لیکن تم میری مجبوریوں کو نظر انداز کیوں کر رہے ہو؟"

"میں نے تو پہلے ہی تم سے کہہ دیا تھا لتا کہ میں ایک مفلس ادیب ہوں ---
انل دولت مند ہے خوبصورت ہے۔ وہ ہر طرح تمہارے قابل ہے۔ پھر سب سے بڑی
خوبی یہ کہ خود تمہارے پتا جی اس شادی سے خوش ہیں۔ ان حالات میں تمہارے
لئے بہتر یہی ہے کہ تم انل سے شادی کر لو۔ لیکن تم نے خود ہی مجھے زبردستی ایک
خوش فہمی میں مبتلا کر دیا۔ تم نے خود ہی مجھے قسمت کی بلندی تک پہنچا دیا اور خود
ہی اب میرے پیروں کے نیچے سے سہارا کھینچ رہی ہو تاکہ میں منہ کے بل آ پڑوں اور
کسی کام کے قابل نہ رہوں۔"

"اشیم۔" لتا نے کانپتی ہوئی آواز میں کہا۔ "ایشور کے لئے مجھے غلط
مت سمجھو۔"

اس کی آنکھوں میں آنسوؤں کے شفاف قطرے لرزنے لگے جیسے سیپی کی
آغوش میں سچے موتی جگمگا رہے ہوں۔

"میں ابھی تک اپنے اسی ارادے پر قائم ہوں" اس نے آنسو پونچھتے ہوئے کہا۔ "صرف پتا جی کی خوشنودی حاصل کرنے کے لئے کبھی کبھی انل کے ساتھ گھومنے چلی جاتی ہوں۔ پتا جی نے انل کو اس بات کی اجازت دے دی ہے کہ وہ جب چاہے ہمارے ہاں آجا سکتا ہے۔ ان کا خیال ہے کہ آمد و رفت سے میرے دل میں اس کے لئے جگہ پیدا ہو جائے گی۔ لیکن وہ یہ بھولتے ہیں کہ عورت دل میں ایک بار ہی کسی مرد کو بساتی ہے۔ میرے دل کے آئینے میں صرف تمہارا عکس ہے۔ اسے انل کی یا دنیا کی کوئی دوسری طاقت نہیں ہٹا سکتی۔"

"تمہارے پتا جی کا خیال درست ہے لتا!" اشیم نے کہا۔ "ایک عکس کی کیا حیثیت ہوتی ہے —— کوئی دوسری چمکدار چیز اس عکس اور آئینہ کے درمیان حائل ہو جائے تو آئینہ کی جگمگاہٹ میں ہر چیز غائب ہو جاتی ہے سوائے اس جگمگاتی ہوئی شئے کے ——"

"میں یقیناً تمہارے دل کے آئینہ میں ایک عکس کی مانند ہوں —— لیکن انل اپنی دولت کے بل پر ایک جگمگاتا ہوا برقی قمقمہ بن سکتا ہے جو تمہارے دل کے آئینے سے دوسرے تمام عکسوں کو ختم کر دے گا ——"

"ساتھ رہتے رہتے انسان لازمی طور پر دوسرے انسان کے دل میں گھر کر لیتا ہے —— کل انل تمہارا کچھ نہیں تھا —— آج وہ تمہارا ملاقاتی ہے —— پرسوں دوست ہو جائے گا —— اور اس کے بعد وہ سب کچھ ہو سکتا ہے ——"

ہو سکتا ہے کہ تمہارا نظریہ درست ہو ——" لتا نے کہا —— "لیکن کم از کم میرے بارے میں یہ بات سراسر غلط ہے —— میں نے اپنے دل میں ایک فیصلہ کر لیا ہے اور اب میں اس سے کبھی نہیں ہٹ سکتی۔ خواہ انل اور پتا جی لاکھ کوشش کر لیں ——"

"بھگوان کرے ایسا ہو ــــ جی چاہتا ہے کہ تمہاری ان پیاری پیاری باتوں پر یقین کر لوں لیکن عقل قبول نہیں کرتی ــــ جب تم ایک ہفتہ میں انل سے اس قدر بے تکلف ہو سکتی ہو ــــ اس کے تحفے قبول کر سکتی ہو ــــ تو کچھ روز بعد تو وہ تم پر پوری طرح چھا جائے گا ــــ یہی رسمی تکلف ایک روز حقیقت بن جائے گا ــــ بس یہی مجھے ڈر ہے"

"تمہیں ڈرنے کی کوئی ضرورت نہیں ڈارلنگ" لتا نے دونوں ہتھیلیوں میں اشیم کا چہرہ تھامتے ہوئے کہا۔" لتا صرف تمہاری ہے اور ہمیشہ تمہاری رہے گی ــــ لتا اپنے اشیم کی خاطر ایک کروڑ پتی انل کو نہیں، اگر ایسے ایسے لاکھوں کروڑ پتی انل بھی آئیں تو ان سب کو ٹھکرا دے گی۔

"کاش ہمارے یہ خواب حقیقت بن سکیں"

"یقین کرو ایسا ہی ہوگا" لتا نے جواب دیا۔ اور جھک کر انل کے خشک ہونٹوں کو چوم لیا ــــ پھر یکایک اسے خیال آیا کہ اشیم بہت تیز بخار میں مبتلا ہے اس لئے اس نے چونک کر اٹھتے ہوئے کہا۔

"ارے! میں بھی کتنی بے وقوف ہوں ــــ تمہیں بخار ہے اور میں اطمینان سے باتیں کر رہی ہوں ــــ ٹھہرو میں ابھی ڈاکٹر کو لاتی ہوں"

"نہیں نہیں۔ ڈاکٹر کی کوئی ضرورت نہیں ــــ اب میں خود بخود اچھا ہو جاؤں گا ــــ تمہاری باتیں دواؤں سے زیادہ اپنے اندر اعجاز مسیحائی رکھتی ہیں ــــ"

لتا شرما گئی ــــ اس کے گلابی رخساروں پر تیز سرخی چھا گئی

"تم ہر وقت اپنے افسانوں کی دنیا میں کھوئے رہتے ہو" اس نے جواب دیا اور تیزی سے ڈاکٹر کو لینے چلی گئی۔

پندرہ منٹ بعد ہی ڈاکٹر آگیا ——اس نے معائنہ کر کے بتایا کہ کوئی خاص بات نہیں ہے۔ امید ہے کل تک بخار اتر جائے گا۔

دوسری بار پھر لتا ڈاکٹر کے ساتھ گئی اور دوا بنوا کر لے آئی —— دوپہر تک وہ اشیم کے پاس بیٹھی ہوئی اپنی باتوں سے اس کا دل بہلاتی رہی۔ خود ہی اپنے ہاتھوں سے دوا پلاتی رہی۔ جس سے اشیم کی تکلیف آدھی رہ گئی۔ —— ایک بجے کے قریب وہ شام کو پھر آنے کا وعدہ کر کے چلی گئی اور اشیم آنکھیں بند کر کے پھر اس کے تصور میں گم ہو گیا ——

آٹھواں باب

دو تین روز بعد ہی اشیم صحت یاب ہو گیا —— لتا نے اسے یقین دلا دیا کہ وہ کسی بھی حالت میں انل سے شادی نہیں کر سکتی۔ وہ کسی قسم کا شبہ نہ کرے صرف اپنے پتا جی کی خواہش کا احترام کرتے ہوئے وہ کبھی کبھی انل کے ساتھ گھومنے چلی جاتی ہے۔ یا اس سے ملتی جلتی ہے۔

ایک ماہ بڑے سکون و اطمینان سے گذر گیا۔ اشیم اپنی جگہ مطمئن تھا تنہائی میں اکثر اس کے دل میں شکوک پیدا ہوتے۔ لیکن وہ لتا کی پیار بھری اور پُرجوش باتوں کو یاد کر کے ان تمام شکوک کو دماغ سے نکال دیتا اور اس کے تصور میں کھو جاتا۔

لیکن ایک ماہ گذر جانے کے بعد اشیم کے دل میں پھر شکوک نے جڑ پکڑنی

شروع کر دی۔ اس نے محسوس کیا کہ لتا اب انل کے ساتھ بہت کافی وقت گذارنے لگی ہے اور اس کی ذات میں اب اس کی دلچسپی کم ہوتی جا رہی ہے۔ پہلے وہ روزانہ وقت نکال کر ایک دو گھنٹے کے لئے اشیم سے ملنے ضرور آتی تھی۔ اب اس نے تیسرے چوتھے روز آنا شروع کر دیا تھا۔ اس دوران میں وہ انل کے ساتھ لتا کو کئی بار کلبوں اور ہوٹلوں میں دیکھ چکا تھا۔ اور اس نے اچھی طرح محسوس کر لیا تھا کہ اب ان کے تعلقات پہلے سے زیادہ گہرے اور سنجیدہ ہونے لگے ہیں۔

اگرچہ اب بھی جب لتا آتی تھی پہلے ہی کی طرح گرمجوش ہوتی تھی قسمیں کھا کھا کر اسے یقین دلاتی تھی کہ اس کے دل میں سوائے اشیم کے کوئی نہیں سما سکتا لیکن پھر بھی ایک خاموش آواز تھی جو بار بار اشیم کے کان میں کہتی تھی کہ "نہیں۔ لتا اب پہلے سے کچھ بدلتی جا رہی ہے۔ وہ تجھے دھوکا دے رہی ہے اور تیرے ساتھ ہی اپنے آپ کو بھی!"

اور آخر دو تین ہفتہ بعد اس کے شکوک کسی حد تک پایۂ ثبوت کو پہنچ گئے۔ لتا سات آٹھ روز کے بعد اشیم سے ملنے آئی۔ اشیم نے اپنی زندگی کا یہ ہفتہ بڑے کرب اور بے چینی سے گذارا تھا۔ دن رات صرف لتا کا خیال اس کے دماغ پر چھایا رہتا تھا جس کی وجہ سے وہ اپنا کام بھی نہ کر سکتا تھا ـــــــ

لتا آئی تو اشیم میز پر جھکا ہوا ایک افسانہ لکھنے کی ناکام کوشش کر رہا تھا ـــ بار بار کاغذ پر لتا کا چہرہ مسکرانے لگتا اور اس کا قلم رک جاتا ـــ لکھی ہوئی سطریں ٹیڑھی میڑھی ہو کر کنکھجوروں کی طرح اس کے ذہن میں رینگنے لگتیں۔ اتنے ہی میں دروازہ کھلا اور نکہت گل کی طرح دبے قدموں سے لتا کمرے میں داخل ہوئی۔ خوشی کے مارے اشیم کے ہاتھوں سے قلم چھوٹ کر گر پڑا۔

۳۸

"لتا ——" اس نے بے تابی سے اُٹھتے ہوئے کہا۔ اور دوڑ کر اسے اپنی آغوش میں جکڑ لیا۔

دو چار لمحوں کی خاموشی کے بعد اس نے پھر کہا۔

"تم کہاں چلی گئی تھیں؟ —— کیا اب تمہیں میرا خیال نہیں رہا —— کیا انل کی ہمراہی میں اب تمہیں اتنی بھی فرصت نہیں ملتی کہ مجھ بدنصیب کو اپنی صورت ہی دکھا جاؤ۔"

"یہ بات نہیں اشیم۔" لتا نے اس کی آغوش سے نکل کر کرسی پر بیٹھتے ہوئے کہا۔ "بلکہ بات دراصل یہ ہے کہ ان دنوں میں بہت زیادہ پریشان رہی۔"

"کیا پریشانی ہے —— کچھ اپنے دل کا حال مجھے بھی تو بتاؤ —— اپنے رنج و غم اور پریشانی میں مجھے بھی تو شریک کرو۔"

"پریشانی صرف وہی ہے کہ پتا جی کسی صورت نہیں مانتے —— وہ اپنی ضد پر اڑے ہوئے ہیں کہ شادی صرف انل سے ہوگی —— ورنہ نہیں ..."

"پھر —— اب تم نے کیا فیصلہ کیا ہے؟" اشیم نے اس کی بات کاٹ کر کہا۔

"میں کوئی فیصلہ نہیں کر سکی —— میں سخت پریشان ہوں اشیم ——" لتا نے گہری سنجیدگی کے ساتھ جواب دیا۔ "ایک طرف میرا فرض ہے اور دوسری طرف محبت۔ سمجھ میں نہیں آتا کہ کس چیز کو انتخاب کروں۔"

"میں تو پہلے سے ہی تم سے کہہ رہا ہوں کہ انل سے شادی کر لو۔" اشیم نے مایوسی کے انداز میں سر ہلاتے ہوئے کہا۔ "اس طرح پتا جی کی خوشی بھی ہو جائے گی۔ اور تمہیں بھی ایک اچھا دولت مند شوہر مل جائے گا۔"

"تمہارا مطلب ہے کہ میں اپنی محبت کا گلا اپنے ہاتھوں سے گھونٹ دوں۔"

"محبت کا کیا؟ —— چند روز اور ساتھ رہنے کے بعد انل سے بھی تمہیں ایسی

ہی محبت ہو جائے گی ـــــ اتنا تو ہو ہی گیا ہے کہ اب تمہاری نفرت ختم ہو گئی ہے اور اب تم انل کی ذات میں دلچسپی لینے لگی ہو۔"

"اشیم ـــ" لتا نے اس کی جانب تیکھی نظروں سے دیکھتے ہوئے ملامت آمیز لہجہ میں کہا۔ "تم پھر طنز کرنے پر اُتر آئے؟"

"میں طنز نہیں کر رہا ـــــ بلکہ حقیقت بیان کر رہا ہوں لتا ـــ کیا تمہارا اب ایک ایک ہفتہ تک مجھ سے نہ ملنا اور انل کے ساتھ زیادہ وقت گذارنا اس بات کا ثبوت نہیں کہ اب میری ذات میں تمہارے لئے دلچسپی کم ہوتی جا رہی ہے اور انل کی ذات میں زیادہ ـــــ"

"مرد بہت شکی ہوتے ہیں۔" لتا نے مختصر سا جواب دیا۔

"یہ صرف شک کی بات نہیں ہے لتا ـــــ نفسیاتی طور پر انل کے ساتھ زیادہ وقت گذارنے کا یہی اثر ہونا چاہئے تھا ـــــ انسان کسی کے ساتھ رہتا ہے تو فطری طور پر ان دونوں میں ایک دوسرے کیلئے دلچسپی بڑھتی چلی جاتی ہے۔ اور حتیٰ کہ ایک روز وہی دلچسپی محبت میں تبدیل ہو جاتی ہے۔ بالکل یہی معاملہ تمہارے ساتھ پیش آ رہا ہے۔ تم خواہ اس بات کا اعتراف نہ کرو۔ لیکن یہ حقیقت ہے کہ انل کی محبت اب تمہیں گراں نہیں گذرتی۔ اب اس کی موجودگی تمہارے لئے باعثِ راحت ہونے لگی ہے اور صرف یہی وجہ ہے کہ تم نے اب مجھ سے ملنا جلنا کم کر دیا ہے ـــــ"

"اشیم ـــــ بھگوان کے لئے ایسی باتیں مت کرو ـــــ" لتا نے کسی قدر افسردہ لہجہ میں کہا۔ "ـــــ تمہارا مطلب ہے کہ میں تمہیں دھوکا دے رہی ہوں۔"

"نہیں تجھے نہیں ـــــ بلکہ اپنے آپ کو دھوکا دے رہی ہو ـــــ" اشیم نے جواب دیا۔

"اسیم —— آج تمہیں کیا ہو گیا ہے —— میں کم از کم ایسی باتیں بالکل پسند نہیں کرتی۔" لتا نے کسی قدر ناراضگی کے لہجہ میں کہا اور اسیم خاموش ہو گیا۔ وہ اچھی طرح محسوس کر چکا تھا کہ لتا کا رویہ آج بالکل بدلا ہوا ہے —— آج اس کی وہ گرم جوشی اور والہانہ محبت کا جذبہ بالکل مفقود تھا بلکہ بیگانگی کی ایک ہلکی سی جھلک موجود تھی۔

تھوڑی دیر بیٹھ کر لتا واپس چلی گئی اور اسیم رنج و غم سے نڈھال ہو کر بستر پر گر پڑا۔

نواں باب

"میری سمجھ میں نہیں آتا" جنک نے کمرے میں اِدھر اُدھر ٹہلتے ہوئے کہا "جب وہ تمہاری پرواہ نہیں کرتی تو تم اس کے غم میں اپنی صحت کیوں تباہ کر رہے ہو"

اسیم نے جو بستر پر سر جھکائے بیٹھا تھا اپنا چہرہ اوپر اٹھایا اور جواب دیا۔

"میرے دوست —— ابھی تم نے کسی سے محبت نہیں کی —— اس لئے محبت کی لذت سے نا آشنا ہو —— حقیقت یہ ہے کہ لتا خواہ مجھے ہمیشہ کے لئے بھول جائے لیکن میں اسے زندگی بھر نہیں بھول سکتا۔"

"میں اسے محبت نہیں کہہ سکتا۔ یہ سراسر حماقت ہے۔" جنک نے جھلا کر کہا۔ "ذرا اپنی حالت پر غور کرو —— ایسا محسوس ہوتا ہے جیسے برسوں کے بیمار رہو۔ چہرہ

پھیلا پڑا چکا ہے —— اپنے کاروبار کی جانب سے تم لاپرواہ ہو گئے ہو۔ آخر اس طرح کیسے گذرے گی —— آمدنی ختم ہو گئی تو ساری محبت رکھی رہ جائے گی۔ مکان دار مکان سے نکال باہر کرے گا —— ہوٹل والا کھانا کھلانے سے انکار کر دے گا —— میرے دوست ذرا سمجھ سے کام لو ——

اور بھی غم ہیں زمانے میں محبت کے سوا "

"میری خود سمجھ میں نہیں آتا کہ کیا کروں؟" اشیم نے مایوسی سے کہا۔

"کرنا کیا ہے —— اس کا خیال دل سے نکال دو —— اور اطمینان کے ساتھ اپنے کام میں دل لگاؤ —— تمہیں ایک ناول لکھنے کے لئے پلاٹ مل گیا ہے اس کیلئے تمہیں لتا کا شکر گذار ہونا چاہیئے۔"

"اچھا۔ کوشش کروں گا" —— اشیم نے جواب دیا —— "میں بھی اس کشمکش کے عالم سے تنگ آ گیا ہوں۔ میں آج لتا کو آخری خط لکھتا ہوں۔ اس کے بعد میں اس سے کوئی واسطہ نہیں رکھوں گا۔ اس میں کوئی شک نہیں کہ وہ میرے حواس پر پوری طرح چھا چکی ہے اس لئے اُسے بھلانا میرے لئے ناممکن ہو گا۔ لیکن اگر اس نے میرے خط کا فیصلہ کن جواب دے دیا تو کم از کم اس امید و یاس کی روح فرسا تکلیف سے تو نجات پا لوں گا ——"

"ہاں یہ ٹھیک ہے ——" جنک نے کہا —— "اچھا اب میں چلتا ہوں کل پھر آؤں گا۔ امید ہے اس درمیان میں تمہارے خط کا جواب بھی آ چکا ہو گا۔"

یہ کہہ کر جنک چلا گیا ——

جنک اشیم کا واحد جگری دوست تھا۔ وہ دونوں ایک دوسرے سے بھائیوں کی طرح محبت کرتے تھے اور ہمیشہ ایک دوسرے کے دکھ سکھ میں شریک رہتے تھے —— یہی وجہ تھی کہ اشیم کے دکھ درد کو جنک بہت زیادہ محسوس کر رہا تھا۔ وہ اسے ہر وقت

تسلی دیتا رہتا تھا۔ اور سمجھاتا رہتا تھا تاکہ وہ لتا کو بھول کر دوبارہ اپنے کام میں دلچسپی لے سکے ——

جنک کے جانے کے بعد شمیم نے لتا کو خط لکھا ——

لتا ....

تم سلامت رہو قیامت تک
اور قیامت خدا کرے کہ نہ آئے

کئی روز سے سوچ رہا تھا کہ تمہیں خط لکھوں اور اپنی قسمت کے بارے میں تمہارا صحیح فیصلہ معلوم کر سکوں لیکن ہر بار میری بزدلی آڑے آئی۔ اور میں خط نہ لکھ سکا —— میں ڈرتا ہوں کہ اگر جواب میری امیدوں کے خلاف ہوا تو کیا ہوگا —— ؟

لیکن لتا ! —— اب یہ امید و یاس کا عالم، یہ تذبذب کی کیفیت ناقابلِ برداشت حد تک اذیت ناک ہو گئی ہے —— اب میں زیادہ دیر تک اس کش مکش کا مقابلہ نہیں کر سکتا۔ اس لئے مجبوراً قلم اُٹھا رہا ہوں ——

یہ خط تحریر کرنے کا مقصد صرف یہ ہے کہ تم نے میرے بارے میں جو کچھ فیصلہ کیا ہو وہ صاف الفاظ میں تحریر کر دو تاکہ میں کسی صحیح نتیجہ پر پہنچ سکوں ——

اس بات کا میں اپنی جانب سے یقین دلاتا ہوں کہ اگر فیصلہ میرے خلاف بھی ہے، اگر واقعی انل میری جگہ لے چکا ہے تو آئندہ میں تمہیں اپنی صورت دکھا کر پریشان نہیں کروں گا —— اس میں شک نہیں کہ میں تمہیں زندگی بھر نہیں بھلا سکتا۔ تم میری زندگی کا

ناکام مقصد بن کر ہمیشہ میرے دل میں نشتر کی طرح چبھتی رہو گی
زندگی کے آخری سانس تک تم میری یادداشت پر قائم رہو گی۔
کیونکہ میں نے تم سے حقیقی محبت کی ہے —— اور میں اس محبت کے
بدلے میں تم سے کسی رعایت کا خواہشمند نہیں ہوں —— محبت بدلہ
نہیں چاہتی۔ اگر واقعی تمہیں انل سے محبت ہو گئی ہے تو تم خوشی سے
اس سے شادی کر لو —— میری نیک دعائیں تمہارے ساتھ ہیں ——
لیکن کم از کم مجھے اس الجھن سے ضرور نجات دلا دو۔ صاف الفاظ میں
تحریر فرما دو کہ میں کوئی امید تم سے وابستہ رکھوں یا اپنی زندگی
کے لئے کوئی دوسرا راستہ تلاش کر لوں ——

تمہارا ——

اشیم"

خط پر لتا کا پتہ لکھ کر وہ خود ہی لتا کی کوٹھی کے دروازے پر لگے ہوئے لیٹر بکس
میں ڈال آیا —— اسے یقین تھا کہ کل تک اس کے خط کا جواب ضرور مل جائے گا۔
اور اس کی امید کے مطابق اگلے روز اسے لتا کا خط مل گیا ——

۱۰
دسواں باب

دوسرے روز جنک اشیم کے کمرے میں داخل ہوا تو اس نے دیکھا کہ اشیم
بستر پر بے ہوش پڑا ہے اور ایک کاغذ نیچے فرش پر گرا ہوا ہے۔ جنک نے دوڑ کر

۴۴

وہ کاغذ اُٹھایا تو پتہ چلا کہ وہ لتا کا خط تھا —— لتا کا آخری خط جس میں اس نے اشیم کی قسمت کا فیصلہ کر دیا تھا ——

جنک نے ایک نظر میں سارا خط پڑھ لیا اور نفرت کے انداز میں منہ بنا کر ایک موٹی سی گالی لتا کو دیتے ہوئے خط پھر نیچے پھینک دیا۔ اور اشیم کو ہوش میں لانے کی ترکیبیں کرنے لگا۔

کچھ دیر بعد ہی اشیم نے آنکھیں کھول دیں اور وحشیوں کی طرح جنک کو گھورنے لگا جیسے اسے پہچاننے کی کوشش کر رہا ہو۔

"کیسی طبیعت ہے اشیم؟" جنک نے اس کا ہاتھ اپنے ہاتھ میں لے کر کہا۔

"اب ٹھیک ہے" —— اشیم نے بے جان آواز سے جواب دیا "میں نے کل لتا کو خط لکھ دیا تھا آج اس کا جواب آ گیا ہے۔"

"ہاں۔ میں پڑھ چکا ہوں" جنک نے افسوس کے انداز میں سر ہلاتے ہوئے کہا۔ "تم خواہ مخواہ ایک بے وفا کا غم کر رہے ہو —— میں نے پہلے ہی تمہیں سمجھا دیا تھا کہ لتا ایک دولت مند باپ کی بیٹی ہے اس سے وفا کی امید رکھنا سراسر نادانی ہے۔"

"ہاں تم ٹھیک کہتے تھے جنک" اشیم نے چھت پر نگاہیں جماتے ہوئے کہا "واقعی تم ٹھیک کہتے تھے —— لتا ایک دولت مند باپ کی بیٹی ہے —— اور دولتمند سچی محبت کی قدر کرنا نہیں جانتے —— وہ صرف دولت کے بھوکے ہوتے ہیں میرے پاس سچی محبت ضرور تھی۔ لیکن افسوس ہے کہ دولت نہیں تھی۔ اور انل کے پاس بے انتہا دولت تھی جس نے آخر کار میری محبت کو شکست دے دی۔"

"چلو خیر —— جو ہونا تھا ہو گیا —— بھگوان کے لئے اب تم اپنے آپ کو سنبھالو اور خود کو کام میں مصروف رکھ کر دل بہلانے کی کوشش کرو۔"

"اوہ! تم فکر مت کرو جنک —— اب میں پوری تندہی سے اپنے کام میں

مشغول ہو جاؤں گا۔ اس قدر سخت صدمہ سہنے کے باوجود کم از کم اب میں اس کشمکش سے تو نجات پا ہی چکا ہوں۔ کل سے ہی میں نیا ناول شروع کر رہا ہوں ـــ اپنی ناکام محبت کا سچا ناول ـــ جس کی ہیروئن لتا ہوگی۔"

"اور اس کا انتساب کس کے نام کرو گے؟" جنک نے اسے باتوں میں بہلانے کی غرض سے مسکرا کر پوچھا۔

"انتساب ـــ؟" اشیم نے کچھ سوچتے ہوئے کہا۔ "اس کا انتساب میں لتا کے نام کر دوں گا ـــ اس کے خوبصورت جسم کے نام کروں گا ـــ جسے میں حاصل نہ کر سکا۔"

لیکن قسمت اشیم کے سرہانے کھڑی مسکرا رہی تھی۔ وہ اپنے ارادہ کے مطابق اگلے روز ناول شروع نہ کر سکا ـــ وہ در اصل خود کو فریب دے رہا تھا۔ وہ سمجھ رہا تھا کہ میں لتا کی جدائی کا یہ صدمۂ جانکاہ برداشت کر لوں گا ـــ لیکن حقیقت میں ایسا نہیں تھا۔ وہ یہ عظیم چوٹ سہنے کے ناقابل تھا۔ جس کا نتیجہ یہ نکلا کہ اسی روز اُسے تیز بخار ہو گیا اور وہ بہت سخت بیمار پڑ گیا۔

جنک اشیم کی یہ حالت دیکھ کر بہت گھبرایا۔ ڈاکٹر نے جنک کو بتایا کہ "ان کے دل و دماغ پر بڑا زبردست صدمہ پہنچا ہے اس لیے ان کی تیمارداری بڑی دیکھ بھال سے ہونی چاہیئے۔ ورنہ ان کی زندگی خطرے میں ہے۔"

جنک یہ سُن کر بڑا پریشان ہوا۔ گھر پر اشیم اکیلا رہتا تھا اس لئے سوال پیدا ہوا کہ اس کی دیکھ بھال کون کرے۔ آخر بہت کچھ سوچ بچار کرنے کے بعد وہ اشیم کو اپنے مکان پر لے آیا اور خود ہی اس کی تیمارداری کرنے لگا۔

لیکن اشیم کی حالت ـــ مرض بڑھتا گیا جوں جوں دوا کی ـــ کے مصداق روز بروز خراب ہوتی گئی ـــ اس کی علالت ڈاکٹروں کی امید کے خلاف طول پکڑتی گئی ـــ

۴۶

تین طویل ماہ گذر گئے اور اشیم کی حالت درست نہ ہوئی۔ جنک نے اشیم کے مکان سے اس کا سارا سامان بھی اپنے گھر پر ہی منگالیا۔ اور مکان خالی کر دیا ــــ
اس دوران میں ڈاکٹر سے مشورہ کرنے کے بعد اس نے لتا کو بھی اس کی جانب سے مطلع کر دیا ــــ ڈاکٹر کا خیال تھا کہ شاید لتا کو دیکھ کر اس کی حالت رو بہ صحت ہو جائے۔ لیکن لتا اس کو دیکھنے کے لئے نہ آئی۔ حتیٰ کہ اس نے جنک کے خط کا جواب تک نہ دیا۔ مگر اشیم بھی بڑا سخت جان تھا۔ یا یہ کہئے کہ جنک کی ان تھک تیمارداری اور پر خلوص خدمت نے اپنا اثر دکھایا۔ اور اشیم تین ماہ بعد صحت یاب ہونا شروع ہو گیا ــــ

پھر بھی چونکہ بیماری طول پکڑ گئی تھی اس لئے اسے پوری طرح صحت یاب ہونے میں چھ ماہ لگ گئے ــــ

ٹھیک چھ ماہ بعد اشیم نے غسل صحت کیا۔ وہ اپنی اس زندگی کے لئے جنک کا ممنون تھا ورنہ اس کے مرنے میں کوئی کسر باقی نہیں رہی تھی۔

جنک نے اسے بتا دیا تھا کہ سخت بیماری کا حال سن کر بھی لتا اسے دیکھنے نہیں آئی ــــ چاہیئے تو یہ تھا کہ اشیم اس واقعہ سے سبق لیتا اور لتا کا خیال دل سے نکال دیتا۔ لیکن ایسا نہ ہو سکا ــــ لتا کی محبت میں اس بات سے بھی کوئی فرق نہ آیا۔ وہ صحیح معنوں میں لتا سے محبت کرتا تھا اس لئے واقعی اس کی جانب سے کسی معاوضہ کا خواہشمند نہیں تھا ــــ وہ اسے اپنے تصور کے مندر میں بٹھا کر پوجتا تھا اور اسی میں خوش تھا کہ لتا نہیں تو کم از کم اس کی یاد تو اس کی رفیق ہے۔

ــــــــ ــــــــ

گیارھواں باب

"میں بھوتوں میں یقین نہیں رکھتا۔" اشیم نے فیصلہ کن انداز میں کہا۔ "ظاہر ہے کہ میں زندگی بھر تمہارے مکان پر مہمان کی حیثیت میں نہیں رہ سکتا۔ ایک نہ ایک روز مجھے ضرور اپنے لئے مکان تلاش کرنا پڑے گا۔ پھر کیوں نہ میں اسی مکان میں چلا جاؤں —— تمہارا وہ مکان ویران پڑا ہے۔ وہ آباد بھی ہو جائے گا اور میں بھی مکان تلاش کرنے کی مصیبت سے بچ جاؤں گا۔"

دراصل کئی روز سے اشیم، جنک سے ضد کر رہا تھا کہ وہ اسے الگ رہنے کی اجازت دے دے۔ اور شہر سے باہر والا اپنا مکان اسے کرایہ پر دے دے جو کئی سال سے صرف اس لئے بند پڑا تھا کہ اس میں بھوت پریت کا اثر بتایا جاتا تھا۔ کیونکہ وہ مکان جس راہ پر تھا وہ راستہ شمشان گھاٹ کو جاتا تھا۔ اس لئے پورے شہر میں اس مکان کے بارے میں عجیب عجیب روایتیں مشہور تھیں۔

مکان بڑا خوشنما اور آرام دہ تھا۔ اور اشیم کے لئے بالکل موزوں تھا کیونکہ وہ شہر کے ہنگاموں سے دور تھا جہاں وہ بڑے سکون کے ساتھ ناول لکھ سکتا تھا ——

جنک نے اشیم کو ضد کرتے دیکھ کر کہا ——

"تم تو احمق ہو —— مجھے تمہاری زندگی تم سے زیادہ عزیز ہے اس لئے میں اس مکان میں تمہیں رہنے کی اجازت نہیں دے سکتا —— شاید تمہیں معلوم نہیں گذشتہ

دو ڈھائی سال کے عرصہ میں اس مکان میں تین شخص مر چکے ہیں۔"

"لیکن ان تینوں اشخاص کی موت اتفاقی واقعہ بھی تو ہو سکتی ہے ——" اشیم نے اعتراض کیا۔

"یہ غلط ہے ۔" جنک نے جواب دیا۔ "ایک یا دو موتیں اتفاقی حادثہ ہو سکتی ہیں۔ تیسری موت اتفاقی نہیں ہو سکتی۔"

"بہرحال ——" اشیم نے شانوں کو حرکت دیتے ہوئے کہا۔ "اگر تمہارے بیان کے مطابق اس مکان میں کسی حسین لڑکی کا بھوت ہے بھی تو مجھے اس سے مل کر یقیناً مسرت ہوگی۔ اور کچھ نہیں تو کم از کم لتا کی کمی پوری ہو جائے گی۔

"تم بالکل احمق ہو ——" جنک نے جھنجلا کر کہا۔

"مجھے تسلیم ہے ۔" اشیم نے مسکرا کر جواب دیا۔ "لیکن ذرا غور کرو۔ میری عمر پچیس سال کی ہو چکی ہے —— پچیس سال سے میں کسی بھوت سے ملاقات کا خواہشمند ہوں۔ لیکن آج تک ایسا موقعہ میسر نہ آسکا۔ اور اب جبکہ خوش قسمتی سے مجھے ایسا موقعہ مل رہا ہے تو تم بیچ میں روڑے اٹکا رہے ہو —— آخر

یہ کہاں کی دوستی ہے کہ بنے ہیں دوست ناصح "

"میں پوچھتا ہوں جب تک تمہیں دوسرا کوئی اچھا مکان نہیں ملتا تو میرے ساتھ رہنے میں کیا اعتراض ہے ؟" جنک نے سوال کیا۔

"کچھ نہیں، سوائے اس کے کہ میں اپنی زندگی میں تھوڑی سی دل کشی پیدا کرنا چاہتا ہوں —— لتا کے بعد میری زندگی بالکل خشک اور ویران ہو چکی ہے۔ اور اب اس میں دلکشی اسی وقت پیدا ہو سکتی ہے جب میں کسی اہم کام میں مصروف ہو جاؤں یا کسی دلچسپ کام میں حصہ لوں ——"

"کیا تمہارے خیال میں بھوت زندگی میں دل کشی پیدا کرنے کا ذریعہ ہو سکتے ہیں ——؟

"میرا یہی یقین ہے ـــــ دراصل میرا نظریہ یہ ہے کہ جس طرح ہم انسانوں کی ایک دنیا ہے اُسی طرح بھوتوں کی بھی دنیا ہے۔ اور جس طرح ہم انسان بھوتوں سے ڈرتے ہیں اُسی طرح بھوت بھی انسانوں سے ڈرتے ہیں۔ لیکن اس کے باوجود یہ حقیقت ہے کہ بھوت کبھی کسی آدمی کو نہیں مارتے بلکہ وہ انسان کا اپنا خوف ہوتا ہے جو اس کی جان لے لیتا ہے اور الزام بے چارے بھوت پر آتا ہے۔

"یہ حقیقت ہے کہ بدصورت اور ہیبت ناک بھوت زیادہ خطرناک ہوتے ہیں کیونکہ انہیں دیکھ کر آدمی زیادہ خوفزدہ ہو جاتا ہے، لیکن جہاں تک کسی خوبصورت حسینہ کے بھوت کا تعلق ہے اس سے خوف کھانا تو سخت بزدلی اور حماقت ہے۔ بھوت بے چارے تو خود انسانوں سے خوف زدہ رہتے ہیں اسی لئے وہ دن میں باہر نکلنے کی جرأت نہیں کر سکتے۔ پھر اُن سے ڈرنے کی کیا وجہ ہو سکتی ہے۔ یقین کرو میرے دوست۔ انسان صرف اپنے خوف سے مرتا ہے۔ بھوت اس معاملہ میں بالکل بے گناہ ہوتے ہیں۔"

"تمہارا نظریہ تو بڑا خوبصورت ہے۔" جنک نے مسکرا کر کہا۔ "لیکن میں پھر بھی تمہیں اس مکان میں رہنے کی اجازت نہیں دے سکتا۔"

"آخر تم مجھ پر بھروسہ کیوں نہیں کرتے ـــــ تم مجھے اتنا بزدل کیوں سمجھتے ہو کہ میں کسی حسین لڑکی کا بھوت دیکھ کر مرجاؤں گا ـــــ بھگوان کے لئے تم مجھے اس مکان میں رہنے کی اجازت دے دو۔ ہو سکتا ہے میں تمہارے اس مکان سے بھوت بھگانے میں کامیاب ہو جاؤں۔"

"تم آخر کیوں اپنی زندگی کے پیچھے پڑے ہوئے ہو۔ کیوں مجھے اس کام کیلئے مجبور کر رہے ہو جو میں نہیں کرنا چاہتا۔"

"جنک ـــــ" آشیم نے کرسی سے اٹھ کر کمرے میں ٹہلتے ہوئے کہا۔ "اب تک

۵۰

تو میں تم سے دوستانہ لہجہ میں کہہ رہا ہوں۔ لیکن اب بھی اگر تم مجھے بخوشی اجازت نہ دی تو میں مکان کا تالا توڑ کر زبردستی اس میں جا رہوں گا۔"

"مجھ سے اس قدر کٹ گئے ہو؟" جگل نے مایوسی کے لہجے میں کہا۔

"یہ بات نہیں میرے دوست —— میرا مقصد صرف یہ ہے کہ میں الگ ایک تنہا مکان میں رہ کر کچھ لکھوں۔ اور وہ مکان میرے لئے بالکل مناسب ہے اس ماڈرن زمانے میں کم از کم میں بھوتوں پر بالکل یقین نہیں رکھتا۔ اس کے باوجود میں تمہیں یقین دلاتا ہوں کہ اگر واقعی کوئی خطرہ کی بات مجھے نظر آئی تو میں فوراً مکان چھوڑ کر تمہارے پاس چلا آؤں گا۔"

"اچھا اگر تم بضد ہی ہو —— اور اس بات کا وعدہ کرتے ہو کہ اگر کوئی خطرہ نظر آیا تو تم فوراً واپس یہاں آجاؤ گے —— تو میں بمجبوری تمہیں اجازت دیتا ہوں —— اس مکان کی چابیاں میری دراز میں پڑی ہیں اس لئے تم کسی وقت بھی وہاں جا سکتے ہو۔ لیکن آخری بار میں پھر تم سے یہی التجا کروں گا کہ تم وہاں نہ جاؤ تو بہتر ہے۔"

"اوہ۔ تم کوئی غم نہ کرو میرے دوست —— تمہارے مکان کا وہ حسین بھوت مجھے کوئی نقصان نہ پہنچا سکے گا۔"

"بھگوان کرے ایسا ہی ہو!" جگل نے سنجیدہ مسکراہٹ سے جواب دیا۔

اور اشیم صرف ایک قہقہہ لگا کر رہ گیا۔

بارھواں باب

اس کے دوسرے روز اشیم نے اپنا کچھ سامان اس مکان میں منتقل کر دیا خوابگاہ کے لئے اس نے ایک کشادہ اور ہوادار کمرہ چُنا مسہری کے پاس ہی اس نے چھوٹی سی میز پر بیس ضخیم کتابیں صرف اس لئے چن دیں کہ رات کو اگر واقعی کسی وجہ سے سونا نہ ہو سکے تو وہ کتابوں میں مشغول رہ سکے۔

سارا سامان اپنے ہاتھوں سے مکان میں سجا کر اور تالا لگا کر وہ جنگ کے مکان پر واپس آ گیا۔

رات کو کھانا کھا کر وہ پھر اس مکان کی جانب روانہ ہوا۔ رات بالکل تاریک اور سنسان تھی۔ آسمان پر ستارے چھوٹے چھوٹے ہیروں کی مانند بکھرے پڑے تھے کہکشاں کا دودھیا راستہ ستاروں کی مدھم روشنی میں ایک دھندلے غبار کی طرح نظر آ رہا تھا وہ پیدل ہی مکان کی جانب چل پڑا۔ راستے بھر وہ ایک حسین و جمیل بھوت کے تصور میں گُم رہا اور جنگ کے خوف پر دل ہی دل میں مسکراتا رہا۔ وہ حیران تھا کہ اس سائنٹیفک دور میں بھی لوگ بھوتوں کے قائل ہیں۔

مکان بدستور بند تھا۔ تالا لگا کر جس طرح وہ چھوڑ گیا تھا اسی طرح لگا ہوا تھا۔ اس نے جیب سے چابی نکال کر تالا کھولا۔ مکان کے اندر داخل ہوا۔ اندھیرے میں ماچس جلا کر راستہ تلاش کرتا ہوا وہ خواب گاہ میں داخل ہوا اور میز پر رکھا ہوا

لیمپ روشن کیا۔ لیمپ روشن ہونے کے بعد اس نے کمرے میں ایک سرسری نظر ڈالی ہر چیز اپنی جگہ درست تھی۔

لیکن ایکایک اس کی طائرانہ نظر مسہری کے سرہانے والی چھوٹی میز پر آ کر رُک گئی اور وہ اس طرح چونک پڑا۔ جیسے کسی نے اس کے جسم میں سوئی چبھو دی ہو ——— میز پر سے وہ کتابیں غائب تھیں جنہیں وہ اپنے ہاتھ سے قرینے سے لگا گیا تھا ———

کچھ منٹ تک وہ بُت بن کر حیران کھڑا رہا ——— پھر یہ سوچ کر کہ شاید اس نے کتابیں میز پر لگائی نہ ہوں وہ کمرے میں اِدھر اُدھر کتابیں تلاش کرنے لگا ——— الماری میں ——— مسہری کے نیچے ——— بستر کے اندر ——— میزوں کے نیچے ——— غرض ایک ایک جگہ اس نے دیکھ ڈالی لیکن کتابیں نہ ملیں ——— ظاہر ہے اس قدر مغالطہ تو ہو نہیں سکتا تھا کہ وہ کتابیں سرے سے اس مکان میں لایا ہی نہیں تھا ——— اور یہ چوروں کی بھی حرکت نہیں سمجھی جا سکتی تھی۔ کیونکہ چور صرف کتابیں لے جا کر کیا کرتے ——— پھر جبکہ مکان کا باہر والا تالا بھی اپنی جگہ پر بالکل درست تھا۔

تھوڑی سی دیر کے بعد وہ تلاش سے اُکتا گیا اور کرسی پر بیٹھ کر سوچنے لگا وہ بھوت پریت کا قائل نہیں تھا لیکن اسے مکان میں آنے کے پہلے روز ہی یہ واقعہ پیش آ جانے سے سخت حیرت ضرور ہوئی ——— اس کے باوجود وہ خوف زدہ بالکل نہیں ہوا۔

کھانے کے بعد اس نے چائے نہیں پی تھی اس لئے کتابوں کا خیال دل سے نکال کر ایک کپ چائے بنانے کے لئے باورچی خانہ چلا گیا۔

تھوڑی دیر کے بعد چائے پی کر وہ واپس پھر خوابگاہ میں آ گیا۔ اور ایک آرام کرسی پر لیٹ کر انتظار کرنے لگا کہ دیکھئے پردۂ غیب سے کیا نمودار ہوتا ہے۔

ایک عجیب قسم کی سنسنی سی اس مکان پر چھائی ہوئی تھی۔ اگرچہ وہ خوفزدہ

نہیں تھا پھر بھی اس کے دل کو ایک بے چینی سی ضرور تھی ـــــ وہ بالکل خاموش آرام کرسی پر لیٹا ہوا تھا۔ ایک پر اسرار سناٹا چاروں طرف چھایا ہوا تھا ـــــ یکایک ایک ایسی آواز آئی جیسے کوئی دوسرے کمرے میں کھڑکیوں اور دروازوں پر لگے ہوئے پردے کھینچ رہا ہو۔ حالانکہ دوسرے کمرے میں پردوں کی قسم سے کوئی چیز نہیں تھی۔ وہ ہوشیار اور چوکنا ہو کر کرسی پر بیٹھ گیا

کچھ دیر کے بعد دوسرے کمرے سے ریشمی کپڑوں کی سرسراہٹ سی سنائی دی۔ جیسے کوئی عورت ادھر سے ادھر چل پھر رہی ہو۔ یہ آوازیں سن کر اس کے اعصاب کشیدہ ہونے لگے اور اس کے کان آوازوں پر لگ گئے۔

چند لمحے بعد ہی دو عورتوں کے بولنے کی آوازیں سنائی دینے لگیں۔ اگرچہ الفاظ سمجھ میں نہیں آ رہے تھے لیکن پھر بھی آوازوں سے یہ اندازہ ضرور لگایا جا سکتا تھا کہ آوازیں دو عورتوں کی ہیں۔

اس کی حیرت لمحہ بہ لمحہ بڑھتی چلی جا رہی تھی اس نے دل میں سوچا کہ کیوں نہ برابر والے کمرے میں جا کر دیکھا جائے کہ یہ کیا اسرار ہے۔ لیکن ابھی وہ یہ فیصلہ کرنے کے بعد اٹھنے ہی والا تھا کہ خوابگاہ کا دروازہ بڑی آہستگی سے کھلا اور دو حسین و جمیل لڑکیاں سفید سلکی ساڑھیوں میں ملبوس اسے دروازے میں کھڑی نظر آئیں۔ اس نے دیکھا کہ دونوں لڑکیوں نے وہ کتابیں اپنے ہاتھوں میں لے رکھی تھیں جنہیں وہ میز پر سجا گیا تھا۔

لڑکیاں اسے دیکھ کر مسکرائیں اور بڑی نزاکت سے آگے چلتی ہوئی مسہری کے سرہانے رکھی ہوئی میز کے قریب جا کھڑی ہوئیں۔ کتابیں قرینے سے میز پر سجا دیں۔ پھر اس کی جانب گھوم کر مسکراتے ہوئے ان میں سے بڑی لڑکی بولی۔

"ہم آپ کی کتابیں واپس کرنے آئی ہیں۔"

۵۴

حیرت کے مارے اشیم کی آنکھیں پھٹی رہ گئیں۔ اگر واقعی دنیا میں بھوتوں کا کوئی وجود تھا تو اسے قائل ہونا پڑا کہ یہ دونوں بھوت لڑکیاں ضرورت سے زیادہ شاداب اور خوبصورت تھیں۔

ان میں سے ایک لڑکی لانبے قد کی تھی اور دوسری اس سے چھوٹی تھی — بڑی لڑکی کی عمر زیادہ سے زیادہ بائیس سال کی ہوگی اور چھوٹی لڑکی شاید سترہ اٹھارہ سال کی — دونوں اپنی اپنی جگہ بے حد حسین تھیں لیکن پھر بھی چھوٹی لڑکی کے حسن میں ایک خاص قسم کی کشش تھی۔ بڑی بڑی غزالی آنکھیں تھیں، گول چہرا اور خوبصورت عنابی ہونٹ۔ ٹھوڑی میں ایک بڑا پیارا گڑھا تھا وہ اپنی بڑی بہن سے زیادہ شرمیلی معلوم ہوتی تھی۔ شفاف کھلتا ہوا رنگ تھا داہنے رخسار پر بڑا سا کالا تل تھا جس نے اس کے حسن میں اور زیادہ اضافہ کر دیا تھا۔

بڑی بہن دبلے پتلے جسم کی لڑکی تھی۔ لمبوترا چہرا تھا ستواں ناک اور کشادہ پیشانی تھی۔ مجموعی طور پر وہ بھی اپنی بہن سے کچھ کم حسین نہیں تھی، اور ضرورت سے زیادہ بے تکلف معلوم ہوتی تھی۔

کتابیں میز پر سلیقہ سے رکھنے کے بعد چھوٹی لڑکی شرمائی نگاہوں سے اس کی جانب دیکھتی رہی۔ اور بڑی بہن بڑی بے تکلفی کے ساتھ اس کی مسہری پر جا بیٹھی — اس کی نگاہیں حیرت سے ان دونوں پر جمی ہوئی تھیں — کبھی وہ چھوٹی بہن کو دیکھتا تھا کبھی بڑی کو — آخر ان میں سے بڑی بہن بولی۔

"ہم نے آج سے پہلے کبھی آپ کو نہیں دیکھا۔"

یہ کہہ کر وہ بڑے ناز سے چلتی ہوئی اس کی کرسی کے ہتھے پر آ بیٹھی — اشیم کی حیرت لمحہ بہ لمحہ بڑھتی جا رہی تھی۔ وہ پتھر کی طرح بت بنا بیٹھا تھا۔ یکایک

لڑکی نے ازراہ مذاق اپنی انگلی اس کی پسلیوں میں چبھا کر گدگدی سی کی —— اسیم چونک کر کرسی سے اُٹھ کھڑا ہوا۔ اس کی اس بے چینی پر چھوٹی لڑکی جو ابھی تک کتابوں والی میز کے قریب کھڑی تھی منہ پر ہاتھ رکھ کر زور زور سے ہنسنے لگی —— جیسے بڑی بہن کے اس مذاق نے اسے بہت مسرور کیا ہو۔

اسیم نے کرسی سے کھڑے ہو کر غصہ سے بڑی لڑکی کی جانب گھورا۔ کم از کم اس کے دل میں ان بھوتوں کا خوف بالکل نہ تھا۔ صرف حیرت اس کے دماغ پر چھائی ہوئی تھی۔ بڑی لڑکی نے سر کو ایک ہلکا سا جھٹکا دیا اور اپنے کھلے ہوئے بال جو شانوں پر پڑے تھے پشت پر ڈال لئے۔ اور کرسی سے اُٹھ کر اسیم کے دونوں ہاتھ اپنے ہاتھوں میں لے لئے اور اسیم کے سارے جسم میں پہلی بار خوف کی تھرتھری دوڑ گئی۔ لڑکی کے دونوں ہاتھ اگرچہ ریشم کی طرح ملائم تھے لیکن وہ برف کی مانند سرد تھے۔

اس نے دہشت اور غصہ کے ملے جلے اثرات سے اپنے ہاتھ ایک جھٹکے کے ساتھ لڑکی کے سرد ہاتھوں سے چھڑا لئے۔ اور دو قدم پیچھے ہٹ کر چیختے ہوئے بولا ——

"تمہیں میرے کمرہ میں آنے کی جرأت کیسے ہوئی؟"

"ہم تو صرف آپ کا دل بہلانے آئی ہیں" بڑی لڑکی نے بڑی معصومیت سے کہا۔

"بکومت —— میرے کمرے سے فوراً نکل جاؤ —— تم دونوں بھوت ہو اور میں بھوتوں سے دوستی کرنا پسند نہیں کرتا"

دونوں لڑکیاں خاموش رہیں اور مسکراتی رہیں —— ایک لمحہ تک اسیم انتظار کرتا رہا کہ شاید وہ کوئی جواب دیں یا اُٹھ کر چلی جائیں —— لیکن جب

وہ نہ گئیں تو اور زیادہ چیخ کر بولا۔

"میرے کمرے سے فوراً چلی جاؤ بھتنیو! ــــ جاؤ اپنا کام کرو۔"

دونوں لڑکیاں اس کی تیز چیخ سن کر فوراً کمرے سے بھاگ گئیں اور اسیم کمرے میں تنہا کھڑا رہ گیا۔ لڑکیوں کے جانے کے بعد اس نے اطمینان کا ایک لمبا سانس لیا لیکن اُسے یقین تھا کہ وہ پھر آئیں گی اور اسے پریشان کریں گی:

"آج کی رات سونا نہ ہو سکے گا۔" اس نے بڑبڑا کر خود سے کہا۔ اور مسہری پر ٹانگیں لٹکا کر بیٹھ گیا ــــ وہ حیران تھا کہ کیا واقعی یہ دونوں لڑکیاں بھوت ہیں۔ لیکن سوال یہ تھا کہ اگر وہ بھوت ہیں تو اس قدر شریف کیوں ہیں۔

"کیا واقعی بھوتوں کا اس دنیا میں کوئی وجود ہوتا ہے؟ ــــ کیا بھوت اس قدر خوبصورت اور شریف بھی ہو سکتے ہیں؟ ــــ آئندہ وہ کس طرح مجھے پریشان کرنے کا ارادہ رکھتی ہیں ــــ اور آئندہ مجھے ان کے ساتھ کس طرح پیش آنا چاہئے؟

یہ اور اسی طرح کے کئی اور سوالات اس کے ذہن میں چکرا رہے تھے۔ ایک لمحہ کے لئے اس نے سوچا کہ کیا مجھے یہ مکان چھوڑ دینا چاہیئے؟ ــــ لیکن پھر فوراً ہی خیال آیا کہ مکان چھوڑ دینے پر جنک اس کا مذاق اڑائے گا۔ اس لئے اس نے دل ہی دل میں فیصلہ کر لیا کہ وہ مکان نہیں چھوڑے گا۔ وہ ایک کتاب لے کر بستر پر لیٹ گیا۔ اسے یقین تھا کہ آج کی رات سونا نہیں ہو سکے گا۔ اس لیئے اس نے کتاب پڑھ کر ہی یہ رات گذار دینے کا ارادہ کر لیا تھا۔

لیکن اگر اس کا خیال تھا کہ وہ کتاب کی دلچسپیوں میں گم ہو کر یہ رات آسانی سے کاٹ دے گا تو سراسر غلط ثابت ہوا۔ ایک صفحہ پڑھنے کے بعد ہی وہ کتاب سے اُکتا گیا۔ اور پھر اُٹھ کر بیٹھ گیا۔

اگرچہ وہ لڑکیاں کمرے سے جا چکی تھیں پھر بھی اسے ایک عجیب احساس

ہو رہا تھا جیسے وہ ابھی اس کمرے میں موجود ہوں —— خوف کی ایک ہلکی سی لہر اس کے خون میں دوڑتی پھر رہی تھی۔

"میں بھی بالکل احمق ہوں" کچھ دیر کے بعد اس نے اپنی بزدلی پر خود ہی ہنستے ہوئے کہا۔ "ڈرنے کی کیا بات ہے۔ بھلا وہ خوبصورت لڑکیاں مجھے کیا نقصان پہنچا سکتی ہیں؟" یہ کہہ کر اس نے لیمپ بجھا دیا۔ اور سونے کے لئے بستر پر لیٹ گیا۔

لیکن بستر پر لیٹتے ہی اسے پھر وہی عجیب سا احساس ہونے لگا۔ جیسے کوئی کمرے میں موجود ہو —— اندھیرے میں اس نے محسوس کیا جیسے دو تاریک سائے اِدھر اُدھر چل رہے ہیں —— قدموں کی آوازیں واضح طور پر اسے سنائی دے رہی تھیں —— کبھی کبھی کسی کے کھُسر پھُسر باتیں کرنے کی سی آوازیں آنے لگتی تھیں۔

آوازیں کبھی عین اس کے کمرے میں سے آنے لگتیں اور کبھی کمرے کے باہر سے —— کپڑوں کی سرسراہٹیں اور کھڑکیوں کے پردے کھینچنے کی آوازیں بھی بڑی واضح سنائی دے رہی تھیں —— اشیم کی زندگی میں یہ بالکل نیا تجربہ تھا —— اور یہ اُسی کی ہمت تھی کہ ان تمام باتوں کے باوجود وہ اطمینان سے لیٹا ہوا تھا۔ اس کی جگہ کوئی دوسرا شخص ہوتا تو یقیناً کبھی کا مکان چھوڑ کر بھاگ گیا ہوتا یا خوف کی وجہ سے بے ہوش ہو چکا ہوتا —— لیکن وہ چونکہ طبعاً بڑا دلیر شخص تھا اس لئے جرأت کے ساتھ پڑا رہا۔ اور لیٹے لیٹے نہ جانے کب اس کی آنکھ لگ گئی۔ لیکن ابھی سوئے ہوئے زیادہ سے زیادہ چند منٹ گذرے ہوں گے کہ یکایک اسے ایسا محسوس ہوا، جیسے اس کی ناک میں کسی نے کوئی تنکا وغیرہ گھسا دیا ہو۔ وہ چونک کر اُٹھ بیٹھا —— اور پے در پے دو تین چھینکیں اسے آ گئیں —— چھینکوں کے ساتھ ہی اندھیرے میں دو نسوانی قہقہوں کی آوازیں سُنائی دیں۔

اس نے غصّہ سے اپنی ناک سہلائی اور کچھ کہے بغیر پھر بستر پر لیٹ گیا۔

چونکہ کمرے کی تمام کھڑکیاں کھلی ہوئی تھیں اس لئے ستاروں کی ہلکی ہلکی روشنی میں تاریکی بڑی حد تک دور ہوگئی تھی۔ وہ میز کرسیاں وغیرہ صاف طور پر دیکھ سکتا تھا ۔۔۔

یکایک اس نے اپنی آدھ کھلی آنکھوں سے دیکھا کہ بڑی لڑکی پنجوں کے بل آہستہ آہستہ چلتی ہوئی اس کی مسہری کی جانب آ رہی ہے اور اس کے ہاتھ میں کاغذ کی ایک لپٹی ہوئی باریک سی نلی ہے۔

"کاغذ کی یہی بتی اس نے میری ناک میں گھسائی ہوگی ۔۔۔" اشیم نے سوچا۔ اور وہ لڑکی کے بستر کے قریب پہنچنے سے پیشتر ہی اُٹھ کر بیٹھ گیا۔

"بھاگ جاؤ یہاں سے بھتنیو ۔۔۔!" اس نے چیخ کر کہا اور وہ سایہ فوراً غائب ہوگیا۔

وہ پھر بستر پر لیٹ گیا ۔۔۔ کچھ دیر کے بعد اس پر غنودگی طاری ہونے لگی۔ لیکن فوراً ہی اپنے کان میں کوئی چیز محسوس کر کے وہ پھر اُٹھ کر بیٹھ گیا۔

"یہ کم بختیں سونے نہیں دیں گی۔" اس نے دل ہی دل میں کہا۔ اور لیمپ روشن کر کے پھر پڑھنے بیٹھ گیا۔ صبح ہونے کے قریب جب نیند نے بہت زیادہ پریشان کیا تو وہ لیمپ بجھا کر لیٹ گیا اور تھوڑی دیر بعد ہی سو گیا۔

صبح کے آثار شروع ہوتے ہی تمام ہنگامے ختم ہوگئے اور وہ مزے سے دوپہر کے بارہ بجے تک سوتا رہا ۔۔۔ دوپہر کو اُٹھ کر اس نے غسل کیا اور مکان کو تالا لگا کر جنک کے ہاں چلا گیا۔

تیرھواں باب

جنک نے حیرت سے اس کی جانب دیکھ کر پوچھا۔

"کیا دن چڑھے تک سوتے رہے ہو؟"

"ہاں۔" اس نے مسکرا کر جواب دیا۔ "دن کو بارہ بجے تک سوتا رہا ہوں۔"

"کیوں — رات کیسی گذری —؟"

"رات تو اچھی گذری، صرف نیند نہیں آسکی۔"

"کیوں —؟"

"تمہارے مکان کے بھوت پریشان کرتے رہے۔"

"کیا واقعی تمہیں بھوتوں سے سابقہ پڑا تھا —؟" جنک نے حیرت سے آنکھیں پھاڑتے ہوئے پوچھا۔

"ہاں — ساری رات "وہ" میرے کمرے میں اٹھکیلیاں کرتی رہی ہیں۔"

"وہ کون —؟"

"دو بھتنیاں۔"

"بھگوان کے لئے صاف صاف بتاؤ —" جنک نے اشیم کی ادھوری باتوں سے الجھتے ہوئے کہا۔

"میں فی الحال اسی قدر بتا سکتا ہوں کہ تمہارے اس مکان میں دو خوبصورت

لڑکیوں کے بھوت بستے ہیں :"

"کیا واقعی ـــــ ؟"

" ہاں ـــــ میں نے خود اپنی آنکھوں سے انہیں دیکھا ہے اور ان کے ساتھ باتیں کی ہیں :"

" اچھا ـــــ " جنک کی آنکھیں حیرت سے پھٹی رہ گئیں ـــــ اور تمہیں ان سے خوف نہیں معلوم ہوا ؟ "

"خوبصورت لڑکیوں سے خوفزدہ ہونے کی کیا ضرورت تھی :" اشیم نے ہنس کر کہا ـــــ

" لیکن وہ بھوت جو ہیں :"

" ہوا کریں ـــــ خوبصورت لڑکیاں اگر بے وفا نہ ہوں تو بھوت ہونے کے باوجود کوئی نقصان نہیں پہنچا سکتیں۔ وہ زیادہ سے زیادہ روحانی صدمہ پہنچا سکتی ہیں جیسے لتا نے مجھے پہنچایا ہے :"

" پھر اب کیا ارادہ ہے :" جنک نے پوچھا ـــــ " کیا اب بھی تم بھوتوں کے قائل نہیں ہوئے ـــــ ؟ "

" بھوتوں کا قائل تو ہو گیا ہوں :" اشیم نے جواب دیا " لیکن اس بات کا میں کبھی قائل نہیں ہو سکتا کہ بھوت انسان کو ہلاک کر ڈالتے ہیں یا اور کسی طرح کا نقصان پہنچاتے ہیں :"

" اشیم ـــــ " جنک نے انتہائی سنجیدگی سے کہا " میں ایک بار پھر تم سے التجا کرتا ہوں کہ بھگوان کے لئے تم اپنی ضد چھوڑ دو اور وہ مکان خالی کر کے یہیں میرے پاس آجاؤ۔ تمہیں علم نہیں کہ میں تم سے کس قدر محبت کرتا ہوں۔ اتنی بڑی دنیا میں تم ہی تو میرے واحد دوست ہو۔ بھگوان نہ کرے اگر تمہیں کچھ ہو گیا۔

تو میرے لئے یہ صدمہ بالکل ناقابل برداشت ہوگا۔"

"اوہ۔ تم فکر نہ کرو میرے عزیز دوست!" آشیم نے لاپروائی سے کہا۔ "یقین کرو مجھے کوئی نقصان نہیں پہنچ سکتا۔ بلکہ اُلٹا فائدہ پہنچنے کی امید ہو سکتی ہے۔"

"فائدہ اور بھوتوں سے۔" جگت نے متعجب لہجہ میں کہا۔ "وہ کیسے؟"

"ان حسین بھوتوں کی موجودگی میں کم از کم میں لتا کا صدمہ بھلانے کے قابل ضرور ہو جاؤں گا۔"

"میری سمجھ میں کچھ نہیں آتا۔" جگت نے مایوسی سے کہا۔ "بھگوان جانے تم کیا کرنا چاہتے ہو اور کیا ہونے والا ہے — میں تو یہ چاہتا ہوں کہ تمہاری ذات کو کوئی نقصان نہ پہنچ جائے۔"

"مجھے کوئی نقصان نہیں پہنچ سکتا۔" آشیم نے ہنس کر کہا۔ "اچھا اب مجھے کھانا کھلاؤ۔ سخت بھوک لگی ہے۔"

"چلو — بھوک تو مجھے بھی لگی ہے۔"

دونوں اٹھ کر کھانا کھانے چلے گئے — کھانے سے فارغ ہونے کے بعد آشیم ایک پبلشر کی دکان پر گیا اور بھوتوں یا روحوں کے بارے میں جس قدر تحقیقاتی کتابیں اسے مل سکیں اس نے سب خرید لیں —

دراصل کل تک تو وہ بھوتوں کا سرے سے قائل ہی نہ تھا۔ لیکن جب ایک بار اس کا بھوتوں سے واسطہ پڑ چکا اور اسے یقین ہو گیا کہ واقعی بھوتوں کا وجود بھی اس دنیا میں موجود ہے تو اس نے اس عجیب و غریب مخلوق کے بارے میں زیادہ سے زیادہ حالات معلوم کرنے کا فیصلہ کر لیا۔ سوال یہ تھا کہ بھوت کیا دراصل مردہ انسانوں کی روحیں ہوتی ہیں یا ان کی کوئی الگ نسل ہوتی ہے۔

ہندوستان میں چونکہ بھوتوں پر تحقیقاتی کتابیں بہت کم چھپی ہیں اس لئے

اُسے انگلش ادب کی مدد لینی پڑی۔ یورپ کے لوگ ہر مضمون پر پوری توجہ کے ساتھ تحقیق کرتے ہیں۔ اس لئے بھوتوں اور روحوں کے بارے میں ان لوگوں نے حیرت انگیز حد تک معلومات حاصل کر لی ہیں۔ حد یہ ہے کہ مردہ انسانوں کی روحوں سے بات کرنے کے لئے ایک حیرت انگیز سائنٹیفک آلہ "پلانچٹ" نام کا بھی بنایا گیا ہے یہ ایک چھوٹی سی مشین ہوتی ہے جس میں ایک تختی لگی ہوئی ہوتی ہے اور ایک پنسل۔ جو شخص کسی روح سے بات چیت کرنا چاہتا ہے وہ تختی میں ایک کاغذ لگا کر مشین کے ایک خاص حصہ پر ہاتھ رکھ کر اس مردہ انسان کا تصور کرتا ہے۔ کچھ دیر کے بعد روح آجاتی ہے اور پنسل خود بخود کاغذ پر چلنے لگتی ہے۔ اس کے بعد جو سوال روح سے پوچھا جائے وہ کاغذ پر پنسل کی مدد سے لکھ دیتی ہے۔

یہ تمام باتیں اسیم نے کئی بار سنی تھیں لیکن اسے یقین نہ آتا تھا۔ کیونکہ وہ روحوں اور بھوتوں کا سرے سے قائل ہی نہ تھا۔ لیکن اب جس وقت اُسے دو حسین بھوتوں سے خود واسطہ پڑا تو اسے ہر بات حقیقت معلوم ہونے لگی۔

کتابیں لے کر وہ مکان پر واپس آگیا اور صحن میں کرسی ڈال کر شام تک پڑھتا رہا۔ اس دوران میں کوئی خاص واقعہ پیش نہ آیا۔ نہ ہی وہ بھوت نظر آئے۔ اندھیرا اندھیرا پھیلنے لگا تو پھر وہ کھانا کھانے کے لئے اُٹھ کر چلا گیا۔

رات کو نو بجے کے قریب وہ واپس آیا۔

اپنے کمرے میں جا کر اس نے لیمپ جلایا اور دروازہ بند کر کے پڑھنے بیٹھ گیا۔

دو منٹ بعد ہی دروازہ پر ہلکی ہلکی دستک کی آواز سنائی دی۔

"چلی جاؤ یہاں سے ۔۔۔" اس نے غصہ میں چیخ کر جواب دیا "مجھے پریشان نہ کرو میں پڑھ رہا ہوں۔"

لیکن دستک کی آواز مسلسل ہوتی رہی۔ اور جب اس نے کوئی جواب نہ دیا تو

دروازہ پر ایک تیز آواز ہوئی۔ اس نے پھر کتاب سے نظر اٹھا کر دیکھا تو دروازہ تھوڑا سا کھلا ہوا تھا۔ اور دونوں لڑکیاں گردن اندر ڈالے اسے جھانک رہی تھیں حالانکہ کمرے میں داخل ہونے کے بعد اس نے دروازہ اچھی طرح اندر سے بند کر لیا تھا

اس کی نظر اوپر اُٹھتے ہی لڑکیاں پھر پیچھے ہٹ گئیں۔ جیسے شرما کر چھُپ گئی ہوں ــــ لیکن یہی واقعہ متواتر کئی بار پیش آیا ــــ ہر بار جب آہٹ سُن کر وہ نظر اٹھا کر دیکھتا تو دونوں لڑکیاں اندر سر کیئے ہوئے جھانکتی ہوئی نظر آتیں لیکن جب اس کی نظر پڑتی تو وہ شرما کر فوراً پیچھے ہٹ جاتیں۔

اس نے جھنجلا کر کتاب رکھ دی۔ اور باورچی خانہ میں چائے بنانے کے لئے چلا گیا۔ مگر باورچی خانہ میں جا کر اسے پتہ چلا کہ تمام سامان غائب ہے۔ وہ فوراً سمجھ گیا کہ یہ بھی ان شریر بھوتوں کی مہربانی ہے۔ وہ غصہ میں پیر پٹکتا ہوا واپس کمرے میں آ گیا۔ دیکھا تو دونوں لڑکیاں ایک ایک کتاب ہاتھ میں لئے میز کے پاس کھڑی ہیں۔ اشیم کو دیکھتے ہی انہوں نے کتابیں فوراً میز پر رکھ دیں۔ چھوٹی لڑکی نے میز پر پڑی ہوئی گرد اپنی ساڑھی کے پلو سے صاف کی اور کتابیں بالکل قرینے سے سجا دیں اور پھر اس کی جانب گھور کر محبت بھری نظروں سے اُسے دیکھنے لگی ــــ

اشیم دروازہ میں ٹھہر کر ہی چند لمحوں تک ان کی جانب گھورتا رہا۔ پھر آگے بڑھ کر اپنی مسہری پر پیر لٹکا کر بیٹھتے ہوئے بولا۔

"اچھا ــــ اگر تم دونوں میرے پاس رہنا ہی چاہتی ہو تو کرسیاں لے لو اور شریف لڑکیوں کی طرح اطمینان سے بیٹھ جاؤ ــــ لیکن چونکہ مجھے بہت کام کرنا ہے اس لئے خاموش بیٹھی ہوئی دیکھتی رہو ــــ کسی قسم کا ہنگامہ کرنے کی ضرورت نہیں ہے"

لڑکیوں نے مسکرا کر سرِ تسلیم خم کیا اور بڑی شیریں آواز میں جواب دیا۔

"اس عنایت کا بہت بہت شکریہ!"

ان دونوں نے کرسیاں اس کے مقابل کھینچ لیں اور بیٹھ گئیں ـــــ اشیم پڑھنے میں مشغول ہو گیا اور وہ دونوں آپس میں کھسر پھسر باتیں کرتی رہیں۔

کوئی بیس پچیس منٹ کے بعد بڑی لڑکی بولی۔

"کیا آپ یہاں مستقل رہیں گے؟"

"ہاں!" اس نے سر اٹھا کر جواب دیا۔ "میں یہاں مستقل طور پر رہنے کے ارادے سے آیا ہوں۔ میرے دوست نے مجھے بتایا تھا کہ اس مکان میں بھوت رہتے ہیں۔ لیکن میں چونکہ بھوتوں سے بالکل نہیں ڈرتا اس لئے میں نے یہ مکان کرایہ پہ لے لیا۔ تم خود دیکھ رہی ہو کہ میں تم سے بالکل خوفزدہ نہیں ہوں۔ اس لئے بہتر یہ ہے کہ ہم لوگ دوستوں کی طرح رہیں ـــــ تم بھی اچھی لڑکیوں کی طرح رہنا سیکھو!"

کچھ دیر کے لئے پھر خاموشی چھا گئی ـــــ وہ کتاب پڑھتا رہا اور لڑکیاں آپس میں سرگوشی کرتی رہیں۔ پندرہ بیس منٹ کے بعد بڑی لڑکی پھر بولی۔

"کیا پڑھ رہے ہیں آپ؟"

"خدا کے لئے مجھے پریشان مت کرو۔" اس نے جھنجلا کر کہا۔ "میں ابھی ابھی تم سے کہہ چکا ہوں کہ مجھے بہت کام کرنا ہے اور تم گھڑی گھڑی باتوں میں لگا کر میرے کام میں مخل ہو رہی ہو!"

بڑی لڑکی کچھ جھینپ گئی اور چھوٹی لڑکی منہ پہ ہاتھ رکھ کر ہنسنے لگی۔

"آخر تم اتنی سخت محنت کیوں کرتے ہو؟" بڑی لڑکی نے سوال کیا۔

اشیم نے کتاب میز پر پٹخ کر ناراضگی سے اس کی جانب دیکھا۔ لیکن بولا کچھ نہیں چھوٹی لڑکی نے پھر ایک قہقہہ لگایا اور کرسی سے اٹھ کر اس کے عین مقابل کتابوں کی میز سے لگ کر کھڑی ہو گئی۔ میز پر رکھے ہوئے لیمپ کی روشنی کا ایک ہالہ لیمپ شیڈ

سے نکل کر اس کے چہرے پر پڑنے لگا۔ اور اشیم کو بالکل ایسا محسوس ہوا جیسے چاند کے گرد نور کا ہالہ چھا گیا ہو — اس کی لانبی لانبی سیاہ ریشمی پلکیں، بڑی بڑی غلافی آنکھوں پر اس طرح چھا گئیں جیسے شراب کے دو گلاسوں پر ریشمی سرپوش ڈھک دئے گئے ہوں — وہ بالکل خاموش تھی لیکن اس کی آنکھوں میں پیار تھا — ایسا پیار جو ایک محبوبہ کی آنکھوں میں اپنے چاہنے والے کے لئے ہوتا ہے — اس کے ہونٹوں پر ایک عجیب سی دلفریب مسکراہٹ کھیل رہی تھی جیسے چمبیلی کی کلی پھول بن رہی ہو۔

چھوٹی لڑکی بڑی دیر تک محبت بھری نظروں سے اشیم کو گھورتی رہی — اشیم پھر کتاب پڑھنے میں مشغول ہو گیا۔ لڑکی دبے دبے قدموں سے اس کی پشت پر گئی اور اپنی مرمریں ہتھیلیاں اشیم کی آنکھوں پر رکھ دیں اس نے چونک کر اس کے ہاتھ پکڑنے چاہے لیکن لڑکی نے جلدی سے اپنے ہاتھ کھینچ لئے اور اس کے سر کے بال مذاق سے کھینچ کر کمرے کے دوسرے کونے میں قہقہے لگاتی ہوئی بھاگ گئی۔ اشیم نے کتاب میز پر ڈال دی اور اسے پکڑنے کے لئے دوڑا — وہ کمرے کے کونے میں دبک گئی۔ اشیم نے جھپٹ کر اسے پکڑا — لیکن اشیم کے ہاتھ لڑکی کے غیر مرئی جسم سے گذر کر دیوار سے جا لگے۔ اور لڑکی قہقہے لگاتی ہوئی کمرے کے دوسرے حصے میں پہنچ گئی —

بڑی لڑکی بھی اب اپنی چھوٹی بہن کے ساتھ اس کھیل میں شامل ہو گئی تھی اشیم نے گھور کر غصہ سے ان دونوں کی جانب دیکھا اور کہا۔

"سنو — اب اگر میں نے کبھی تمہیں پکڑ لیا تو میں تمہیں جان سے مار دوں گا سمجھیں — خوبصورت اور شیطان بھتنیو —" یہ کہہ کر وہ واپس کرسی پر آ کر بیٹھ گیا۔

لڑکیاں اس کی دھمکی سن کر نہ خوفزدہ ہوئیں اور نہ کمرے سے بھاگیں۔۔۔۔

مگر بڑی لڑکی نے ایک قہقہہ لگاتے ہوئے کہا۔

"نہیں ——— نہ تم ہمیں پکڑ سکتے ہو اور نہ مار سکتے ہو۔"

"میں جانتا ہوں! تم مجھ سے کیا چاہتی ہو۔" اشیم نے دونوں لڑکیوں کو گھورتے ہوئے کہا۔ "لیکن مجھے افسوس ہے کہ میں تمہاری وہ خواہش پوری نہ کرسکوں گا۔ مجھے پریشان کرنے سے بھی تمہیں کچھ حاصل نہ ہوگا۔"

لڑکیوں نے پھر ایک قہقہہ لگایا لیکن اشیم کی بات کا کوئی جواب نہ دیا ——— کچھ دیر کے بعد بڑی لڑکی پھر آگے بڑھی اور بڑے پُر اخلاق لہجہ میں بولی۔

"تم باورچی خانہ میں کیوں گئے تھے؟"

"چائے بنانے کے لئے۔" اشیم نے جواب دیا

"کیوں ——— کیا بھوک لگی ہے۔"

"ہاں ——— ہلکی ہلکی بھوک بھی لگی ہے اور چائے پینے کی بھی خواہش ہے۔"

"اگر ہم تمہارے لئے چائے بنا لائیں۔"

"اس سے بہتر اور کیا بات ہوسکتی ہے۔" اشیم نے مسکرا کر دوستانہ لہجہ میں جواب دیا۔

"بہت اچھا۔ ہم ابھی لاتے ہیں۔" بڑی لڑکی نے جواب دیا۔ اور دونوں لڑکیاں تیزی کے ساتھ کمرے سے باہر چلی گئیں۔

پندرہ منٹ کے بعد واپس آئیں تو اس نے دیکھا کہ بڑی لڑکی چائے کی ٹرے ہاتھ میں لئے چلی آرہی ہے اور چھوٹی لڑکی اس کے پیچھے پیچھے دو پلیٹیں لئے ہوئے ہے۔

اشیم نے ان کی جانب دیکھ کر مسکراتے ہوئے کہا۔

"تکلیف کا بہت بہت شکریہ!"

بڑی لڑکی نے مسکرا کر ٹرے میز پر رکھ دی۔ اور چائے کی پیالی بنا کر اس کی جانب

بڑھا دی۔ چھوٹی لڑکی نے پلیٹیں اس کے سامنے رکھ دیں۔ اشیم نے دیکھا، تو ایک میں گرم گرم سنبوسے تھے اور دوسری میں وہ بسکٹ تھے جو وہ اپنے سامان کے ساتھ لایا تھا۔

لیکن ٹرے میں چائے کا صرف ایک کپ تھا اس لیے اس نے حیرت کے ساتھ لڑکیوں کی جانب دیکھتے ہوئے پوچھا۔

"کیا تم چائے نہیں پیو گی؟"

"نہیں۔

"یہ تو بہت بُری بات ہے — یہ کیسے ہو سکتا ہے کہ میں چائے پیوں، اور تم میری صورت دیکھتی رہو۔"

"شکریہ — ہمیں چائے پینے کی کوئی خواہش نہیں۔"

"تو پھر سنبوسے یا بسکٹ ہی کھا لو۔"

"اچھا اگر تم ضد ہی کرتے ہو تو ہم بسکٹ کھائے لیتے ہیں" بڑی لڑکی نے جواب دیا۔ — اور دونوں لڑکیوں نے ایک ایک بسکٹ اُٹھا لیا۔

اشیم نے سنبوسہ ہاتھ میں لے کر کہا۔

"گرم گرم چائے اور سنبوسوں کے لئے میں کس طرح آپ لوگوں کا شکریہ ادا کروں — ؟"

"شکریہ تو بعد میں ادا کرنا" بڑی لڑکی نے ہنس کر جواب دیا "لیکن ذرا ہوشیار رہنا کیونکہ میں نے ان میں زہر ملا دیا ہے۔"

"نہیں — تم ایسا نہیں کر سکتیں۔" اشیم نے سنبوسہ کھاتے ہوئے کہا۔ "بھلا میں نے تمہارا کیا بگاڑا ہے جو تم مجھے زہر دے کر ہلاک کرنے کی کوشش کرو گی۔"

"بگاڑا تو کچھ نہیں — لیکن تم ہمیں اچھے جو لگتے ہو۔" بڑی لڑکی نے ہنس کر

جواب دیا۔

"تو جو آدمی اچھے لگتے ہیں کیا انہیں مار دیا جاتا ہے ــــ؟"

"ہاں ــــ تاکہ تم بھی مر کر ہماری طرح بھوت بن جاؤ اور مستقل طور پر ہمارے ساتھ رہنے لگو۔"

"فکر مت کرو ــــ میں زندہ رہکر بھی تمہارے ساتھ رہوں گا۔ دوسرے لوگوں کی طرح ڈر کر نہیں بھاگوں گا۔"

سنیکس نہایت لذیذ تھے اس لئے اس نے خوب مزے لے کر کھائے اور گرم گرم چائے پی ــــ لڑکیوں نے صرف ایک ایک ہی بسکٹ لیا۔

برتن خالی ہو گئے تو بڑی لڑکی انہیں اٹھا کر واپس باورچی خانہ میں لے گئی اور دوسرے کمرے سے ایک صاف تولیا لا کر اسے دے دی۔ تاکہ وہ اپنا منہ صاف کر سکے۔۔۔

اشیم نے تولیہ سے ہاتھ منہ صاف کر کے ان لڑکیوں سے کہا۔

"میں تم لوگوں کا بہت مشکور ہوں اور اس دوستانہ اقدام کو قبول کرتا ہوں۔ آج سے ہم لوگ اس مکان میں حصہ دار دوستوں کی طرح رہا کریں گے۔"

"شکریہ!" بڑی لڑکی نے جواب دیا۔ "لیکن آپ کا نام کیا ہے؟"

"مجھے اشیم کہتے ہیں ــــ اور تمہارا ــــ؟"

"میرا نام رمنا کماری ہے لیکن میرا لقب رمّی ہے" بڑی لڑکی نے جواب دیا۔ اور پھر چھوٹی لڑکی کی جانب اشارہ کرتے ہوئے بولی "ان کا نام شیاما کماری ہے اور لقب شمّی ہے۔"

"خوب ــــ نام تو بہت پیارے ہیں ــــ کیا تم دونوں سگی بہنیں ہو؟"

"ہاں۔" رمّی نے اثبات میں سر ہلاتے ہوئے کہا۔

۶۹

"تمہارے والدین کا کیا نام تھا؟" اشیم نے پوچھا۔

"کیوں --- تم ہمارے والدین کا نام کیوں پوچھتے ہو؟" چھوٹی لڑکی شمی نے کہا۔ "ظاہر ہے کہ تم ہم سے شادی کرنے کا ارادہ نہیں رکھتے --- تم میں اتنی جرأت ہی نہیں کہ تم ہم میں سے کسی ایک کے ساتھ ایک بستر پر رات گذار سکو --- ایسی صورت میں تم ہم سے شادی کرنے کی کیسے جرأت کر سکتے ہو اور کیوں ہمارے والدین کے بارے میں پوچھتے ہو؟"

"کیا تم یہ خواہش رکھتی ہو کہ میں تمہارے ساتھ شادی کر دوں یا تمہارے ساتھ گناہ کی راتیں بسر کر دوں؟"

دونوں لڑکیوں کے چہروں پہ شرم کی سرخی دوڑ گئی لیکن انہوں نے اشیم کی بات کی تردید نہیں کی۔ بلکہ خاموش بیٹھی رہیں جس کے معنی نیم رضامندی تھے۔ اشیم نے دونوں کو خاموش دیکھ کر باری باری ان کے چہروں پہ نظر ڈالتے ہوئے کہنا شروع کیا۔

"سنو مس رمّی اور مس شمّی --- تم دونوں بالکل نادان ہو --- تم اچھی طرح جانتی ہو کہ تم دونوں بھوت ہو۔ اور میں انسان ہوں۔ اس میں کوئی شک نہیں، کہ تمہارے حسن اور تمہارے جنسی جذبات سے میں بھی متاثر ہوئے بغیر نہیں رہ سکا لیکن یہ سب کچھ بے فائدہ ہے۔ ایک بھوت اور ایک انسان کا جنسی رشتہ کبھی قائم نہیں ہو سکتا کیونکہ تمہارا جسم بالکل غیر مرئی ہے اور جب کبھی تم اپنے جسم کو مادّی شکل میں پیش کرتی ہو تو وہ لاش کی طرح اس قدر ٹھنڈا ہوتا ہے کہ کوئی انسان بھی اُسے چھونے یا اسے پیار کرنے کی خواہش نہیں کر سکتا۔ اس لئے اس قسم کی خواہش بالکل حماقت ہے۔ نہ میں تمہارے ساتھ شادی کر سکتا ہوں اور نہ تمہارے ساتھ غیر قانونی طور پہ جنسی تعلقات قائم کر سکتا ہوں۔ اس پہ بھی اگر تم نے مجھے ستانے کی کوشش

کی۔ تو مجبوراً مجھے یہ مکان چھوڑنا پڑے گا۔ اس لئے بہتر یہ ہے کہ ہم لوگ کیوں نہ اچھے دوستوں کی طرح ایک دوسرے کے ہمدرد بن کر رہیں ——— بولو ——— کیا تم لوگوں کو صرف دوست کی حیثیت میں میرے ساتھ رہنا منظور ہے؟"

رمی اور شمی دونوں بھوت لڑکیوں نے ایک دوسرے کی جانب جھینپی جھینپی نظروں سے دیکھا جیسے وہ ایک دوسرے سے شرمندہ ہوں ——— پھر شمی نے سر جھکا کر جواب دیا۔

"ہاں۔ جو تم کہتے ہو بالکل ٹھیک ہے۔ ہم دونوں ایک دوست کی حیثیت میں رہنے کو بالکل تیار ہیں۔ اور اپنی گذشتہ حرکتوں کی معافی چاہتی ہیں؟"

"بہت خوب!" اشیم نے مسرت سے کہا: "مجھے تم لوگوں کا یہ فیصلہ سن کر بہت خوشی ہوئی ——— بس آج سے ہم تینوں ایک دوسرے کے سچے اور مخلص دوست کی حیثیت سے رہیں گے۔"

کچھ دیر تک وہ تینوں اپنی اپنی جگہ خاموش رہے۔ پھر چند لمحوں کے بعد اشیم بولا ———

"تم دونوں اب جا کر سو کیوں نہیں جاتیں؟"

"ہمیں رات کو نیند نہیں آتی۔" شمی نے جواب دیا: "کیونکہ ہم دن بھر سوتے رہتے ہیں۔"

"بہت اچھا ——— کل سے میں بھی دن بھر سویا کروں گا ——— اور رات کو تمہارے ساتھ جاگا کروں گا۔"

"یہ ٹھیک ہے۔" شمی نے مسرت سے کھل کر کہا۔

"یہ کون سی کتابیں پڑھ رہے ہیں آپ؟" رمی نے نئی کتابوں کی جانب اشارہ کرتے ہوئے پوچھا۔

۷۱

"یہ بھوتوں کے بارے میں کچھ تحقیقاتی کتابیں ہیں؟"

"کیا آج کل تم بھوتوں کے بارے میں تحقیق کر رہے ہو؟" شمی نے ہنس کر کہا

"ہاں" اشیم نے جواب دیا۔ "وجہ اس کی یہ ہے کہ اس مکان میں آنے سے بیشتر میں بھوتوں کا بالکل قائل نہ تھا۔ لیکن تم لوگوں سے مل کر مجھے یقین کرنا پڑا، کہ واقعی دنیا میں بھوت بھی کوئی چیز ہیں۔ اور اب میں اسی بارے میں تحقیقاتی کتابیں پڑھنے کے بعد تم لوگوں کی دنیا کے بارے میں زیادہ سے زیادہ جانکاری معلوم کرنا چاہتا ہوں۔"

"تو اس بارے میں کتابیں پڑھنے کی کیا ضرورت ہے — تم جو کچھ پوچھنا چاہو ہم سے پوچھ لو۔"

"اس سے بہتر کیا بات ہو سکتی ہے" اشیم نے ہنس کر کہا۔ "سب سے پہلے تو تم مجھے یہ بتاؤ کہ تمام بھوت کیا مردہ انسانوں کی روحیں ہوتے ہیں یا بھوتوں کی ایک الگ نسل ہوتی ہے؟"

"الگ نسلیں بھی ہوتی ہیں اور مُردہ انسانوں کی روحیں بھی ہوتی ہیں۔ جنہیں تم لوگ بھوت کہتے ہو وہ مُردہ انسانوں کی روحیں ہوتی ہیں اور جنہیں تم "جن" کہتے ہو وہ الگ ایک نسل ہوتی ہے۔"

"کیا تم دونوں بھی دو خوبصورت لڑکیوں کی روحیں ہو جو کبھی مر چکی ہیں۔"

"ہاں —" شمی نے جواب دیا۔

"تمہیں مرے ہوئے کتنا عرصہ ہو چکا ہے؟"

"پچاس سال" رمی نے کہا۔

"لیکن یہ مکان پہلے تو اچھا خاصا تھا۔ آسیب کا اثر تو اس میں ابھی تین چار سال سے ہوا ہے۔"

"ہاں — کیونکہ ہم پہلے اس مکان میں نہیں رہتی تھیں۔" شمی نے جواب دیا۔ "اس علاقہ میں ہمارا تبادلہ حال ہی میں ہوا ہے۔ پہلے ہم شہر کے جنوبی حصے میں جو ایک ٹوٹا ہوا مندر ہے اس میں رہتی تھیں۔"

"پھر یہاں ایک آباد مکان میں کیوں آ گئیں؟" اشیم نے حیرت سے سوال کیا۔

"کیونکہ ہمارا وہاں سے تبادلہ ہو گیا تھا۔ اس علاقہ میں کوئی تنہائی کی جگہ نہ مل سکی۔ مجبوراً ہم اس مکان میں رہنے لگے۔ کیونکہ پچاس سال پیشتر اسی مکان میں ہم دونوں بہنیں پلیگ کے اثر سے ایک ہی دن کے اندر اندر مری تھیں۔ اس مکان سے ہمیں بہت محبت تھی۔ اس لئے ہم نے اسی مکان میں رہنا پسند کیا۔"

"تبادلہ ہو گیا کیا معنیٰ؟" اشیم نے حیرت سے کہا۔ "کیا تم لوگوں کے تبادلے بھی ہوتے رہتے ہیں؟"

"ہاں!" رمی نے جواب دیا۔ "بالکل دنیا کی طرح ہمارا بھی ایک نظام ہوتا ہے۔ الگ الگ علاقوں کے الگ الگ افسر ہوتے ہیں۔ اور اس علاقہ میں رہنے والی تمام روحیں ان افسروں کی ماتحت ہوتی ہیں۔ اگر کوئی روح قاعدہ قانون کی خلاف ورزی کرتی ہے تو اسے سزا بھی دی جاتی ہے۔ تبادلے بھی عام طور سے سزا کی ایک ہلکی قسم ہوتے ہیں۔"

"خوب — تو گویا تم نے بھی اس ویران مندر میں رہتے ہوئے اپنے قانون کی کوئی خلاف ورزی کی تھی۔"

"ہاں —" شمی نے ہنس کر جواب دیا۔ "اور اب دوسری خلاف ورزی کر رہے ہیں۔"

"وہ کیا —؟" اشیم نے سوال کیا۔

۷۳

"تمہارے ساتھ میل جول بڑھا رہے ہیں"

"یہ کیا خلاف ورزی ہے ؟"

"ہاں ـــ" شمی نے جواب دیا۔ "قانون کے مطابق کوئی بھوت انسانوں سے مراسم نہیں بڑھا سکتا"

"اس کے بارے میں اگر تمہارے سردار کو پتہ چل گیا تو کیا ہوگا ؟"

"ہمیں سزا دی جائے گی"

"یہ تو بہت بُری بات ہے" اشیم نے کہا "میری وجہ سے خواہ مخواہ تم لوگ تکلیف اُٹھاؤگی"

"کوئی ہرج نہیں" بڑی لڑکی رمی نے ہنس کر کہا "تم اس قدر خوبصورت اور اچھے ہو کہ تمہاری خاطر ہم ہر قسم کی سزا بھگتنے کے لئے تیار ہیں"

"جب تم لوگ زندہ تھیں تو کیا تمہاری شادیاں ہو چکی تھیں ؟"

"نہیں" رمی نے شرماتے ہوئے کہا "لیکن اسی سال ہماری شادیاں ہونیوالی تھیں کہ شہر میں بڑی خوفناک پلیگ پھیلی اور ہم دونوں بہنیں اس میں مرگئیں۔ شادی کی حسرت ہمارے دل ہی دل میں رہ گئی۔

"مرنے کے بعد تو تم میں بہت سی خوبیاں پیدا ہوگئی ہوں گی" اشیم نے پوچھا۔

"ہاں" شمی نے جواب دیا۔ "اب چونکہ ہم صرف روح ہیں اس لئے ہر جگہ بہ آسانی آجا سکتی ہیں۔ حتیٰ کہ ٹھوس دیواروں سے گذر سکتی ہیں اور جب چاہیں اپنے جسم کو سخت بنا سکتی ہیں لیکن افسوس کہ اس میں زندگی کی حرارت نہیں پیدا کر سکتیں"

"کیا روحیں انسانوں کے دل کا راز جان سکتی ہیں ؟" اشیم نے پوچھا۔

"ہاں ـــ"

"کیا تم لوگ کسی دوسرے جسم میں بھی داخل ہو سکتی ہو ؟"

"افسوس اس بارے میں ہم کچھ نہیں بتا سکتے" شمی نے جواب دیا۔ "اول تو اس لئے کہ اس بارے میں ہمیں خود بہت زیادہ باتیں نہیں معلوم۔ دوسرے یہ کہ یہ بھوتوں کی دنیا کا ایک راز ہے جسے ہم افشا نہیں کر سکتیں۔ اپنی دنیا کے اہم راز افشا کرنا ہماری دنیا میں سخت ترین جرم سمجھا جاتا ہے جس کی انتہائی سزا دی جاتی ہے۔"

"کیا تم لوگ مر بھی سکتی ہو؟"

"نہیں ——— اب ہم کبھی نہیں مر سکتیں ——— کیونکہ ہم مادّہ نہیں ہیں صرف روح ہیں۔"

"تمہاری دنیا میں سزائیں کس طرح دی جاتی ہیں؟" اشیم نے پوچھا۔

"یہ بھی ایک راز کی بات ہے۔" رمی نے جواب دیا۔

اسی وقت گھڑیال نے کہیں دور تین بجائے۔ اور وہ دونوں لڑکیاں اُٹھ کھڑی ہوئیں۔

"اچھا اب تم آرام سے سو سکتے ہو ——— ہم دونوں جاتی ہیں کیونکہ ہمارا وقت ہو چکا ہے ———"

"لیکن تم لوگ کس جگہ سوتی ہو؟" اشیم نے حیرت سے پوچھا۔

"اپنے اپنے کمروں میں۔"

"مجھے تو تم سوتی ہوئی نظر نہیں آئیں۔"

"نہیں ——— ہم سونے کے بعد تمہیں نظر نہیں آ سکتیں۔ ——— جب تک ہماری خواہش ہوتی ہے ہم تمہیں نظر آتی رہتی ہیں۔ اور جب خواہش نہیں ہوتی ہم تمہاری مادی آنکھ سے غائب ہو جاتی ہیں۔"

"پھر تم لوگ انسانوں کی طرح کیوں نہیں رہتیں؟" اشیم نے پوچھا۔

"کیونکہ یہ ہمارے قانون کے خلاف ہے ـــ کوئی بھی روح انسانوں کے ساتھ انسانوں کی طرح نہیں رہ سکتی۔"

"اچھا ـــ بہت بہت شکریہ۔" اشیم نے اُٹھ کر دونوں سے مصافحہ کرتے ہوئے کہا۔ "معلومات کے لئے بہت بہت شکریہ!"

لڑکیاں صبح بخیر کہہ کر دو قدم آگے بڑھیں۔ ایک لمحہ کے لئے آپس میں سرگوشی کی اور پھر رُک کر کھڑی ہو گئیں۔

"کیوں کیا بات ہے؟" اشیم نے پوچھا

ان دونوں نے اشیم کی جانب للچائی ہوئی نگاہوں سے دیکھا اور پھر سر جھکا لیا۔

"کیا بات ہے؟" اشیم نے آگے بڑھ کر کہا۔ "تم لوگ بتاتی کیوں نہیں؟ اب تو ہم آپس میں دوست ہو چکے ہیں اس لئے بے تکلفی کے ساتھ جو بات دل میں ہے کہہ ڈالو ـــ"

"بات یہ ہے" بڑی بھوت رمّی نے نظریں نیچی کر کے ساڑھی کے پلّو سے کھیلتے ہوئے کہا۔ "کیا تم ہم دونوں کو رخصتی بوسے نہیں دے سکتے؟"

"ہم اس سے زیادہ کچھ نہیں چاہتے۔" چھوٹی بھوت شمی نے کہا۔ "چونکہ پیار کرنے میں کوئی حرج نہیں اس لئے ..."

"بہت بہتر۔" اشیم نے اس کی بات کاٹتے ہوئے کہا۔ "مجھے کوئی اعتراض نہیں۔" یہ کہہ کر اس نے بڑی بھوت رمی کو اپنی آغوش میں کھینچ کر سینہ سے لپٹا لیا اور اس کے ہونٹ پر اپنے ہونٹ رکھ دئے۔

لیکن اشیم کو لذّت بالکل محسوس نہ ہوئی۔ اسے ایسا محسوس ہوا جیسے برف کی سل اس کے سینے سے لگی ہوئی ہو۔ اس کے سارے جسم میں سردی کی سی پھریریاں دوڑ گئیں ـــ جلدی سے اس نے رمی کا منہ چوم کر اسے چھوڑ دیا اور پھر شمی کو اپنی

آغوش میں کھینچ لیا ——

اگرچہ شمی کا جسم بھی رمی کی طرح سرد اور بے جان تھا۔ پھر بھی اس نے محسوس کیا کہ شمی رمی سے زیادہ پُر جوش ہے۔ اس کا جسم سرد ہونے کے باوجود اسے شمی کو آغوش میں لے کر ایک عجیب طرح کی راحت کا احساس ہوا۔

ایک طویل بوسہ لے کر اس نے شمی کو بھی چھوڑ دیا۔

"بہت بہت شکریہ!" دونوں لڑکیوں نے شرماتے ہوئے کہا۔

"کیا تم دونوں کو ایک دوسرے سے حسد نہیں ہوتا؟" اشیم نے پوچھا۔

"ہوتا ہے۔" رمی نے جواب دیا۔ "لیکن موجودہ حالات میں حسد کرنا لاحاصل ہے —— اچھا —— کل رات پھر ملیں گے —— فی الحال صبح بخیر۔"

"صبح بخیر۔" اشیم نے جواب دیا۔

اور دونوں لڑکیاں کمرے سے باہر چلی گئیں۔

اشیم نے دروازہ بند کیا اور واپس سونے کے لئے مسہری پر آیا تو اس نے دیکھا کہ چھوٹی میز پر وہ دونوں بسکٹ بعینہٖ ثابت رکھے تھے جو دونوں بھوت لڑکیوں نے کھانے کے لئے لئے تھے اور اس کے سامنے خوب چبا چبا کر کھائے تھے۔ وہ حیرت سے بسکٹوں کو دیکھنے لگا۔ لیکن چونکہ اب وہ اس قسم کی محیر العقول باتوں کا عادی ہو گیا تھا اس لئے اس نے زیادہ پرواہ نہیں کی اور لیمپ بجھا کر آرام سے سو گیا۔

——————

چودھواں باب

کئی روز اسی طرح گذر گئے ــــ اب دونوں بھوت لڑکیاں اس کے ساتھ بالکل دوستوں جیسا برتاؤ کرتی تھیں اور ہر طرح اس کی آسائش کا خیال رکھتی تھیں۔

ایک روز اشیم رات کو دیر سے گھر آیا ــ کمرے میں آ کر دیکھا تو شمی میز پر بیٹھی ہوئی کچھ لکھ رہی تھی۔ اشیم نے قریب جا کر دیکھا تو وہ اس کے نئے ناول کا مسودہ نقل کر رہی تھی۔

"یہ کیا کر رہی ہو؟" اس نے حیرت سے پوچھا۔

شمی نے شرما کر اس کی جانب دیکھا اور مسکرا کر بولی

"تم اپنا بہت سا وقت ناول کا مسودہ صاف کرنے میں خرچ کر دیتے ہو۔ میں فرصت میں رہتی ہوں اس لئے میں نے سوچا کہ تھوڑا سا تمہارا ہاتھ ہی بٹا دوں"

اشیم نے شمی کا لکھا ہوا مسودہ اٹھا کر دیکھا تو تحریر کافی اچھی تھی۔ مجموعی طور پر وہ اس قابل تھی کہ آسانی سے پڑھی جا سکے۔

"بہت بہت شکریہ شمی" اس نے مسودہ رکھتے ہوئے کہا۔ "مجھے خوشی ہے کہ اس طرح تم میرا بہت سا کام ختم کرا دیا کرو گی ــــ لیکن تمہاری تحریر میں ابھی تک پختگی نہیں ہے اس لئے تم خط صاف کرنے کے لئے باقاعدہ مشق کیوں

کیوں نہیں کرتیں ——؟"

"تم کرادیا کرو۔" شمیؔ نے پُر شوق لہجہ میں کہا۔

"مجھے کوئی اعتراض نہیں۔ تم کہاں تک پڑھی ہوئی ہو؟"

"میں نے ساتویں درجہ تک تعلیم پائی تھی۔ میں چاہتی ہوں کہ تم مجھے تحریر کی مشق کرنے کے علاوہ کچھ پڑھا بھی دیا کرو۔"

"بڑی خوشی کی بات ہے۔ مجھے کوئی اعتراض نہیں۔"

یہ کہہ کر اشیم نے ایک سادہ کاپی شمیؔ کو دی۔ اور اس سے کہا کہ اس پر وہ تحریر صاف کرنے کی مشق کرے۔ ساتھ ہی اس نے اسے اپنے ناول کا مسودہ صاف کرنے کی بھی اجازت دے دی۔ کیونکہ اس طرح خود اس کا بہت سا وقت بچ جائیگا اس نے سوچا کہ جتنے عرصہ میں میں ایک ناول کا مسودہ صاف کرتا ہوں، اتنے عرصہ میں دوسرا ناول لکھنے کی کوشش کروں گا۔ اس طرح آمدنی اور بڑھ جائے گی۔

رمی آج ابھی تک کمرے میں نہیں آئی تھی، اس لئے اشیم نے پوچھا۔

"رمی کہاں ہے آج ——؟"

"اپنے کمرے میں۔" شمی نے مختصر سا جواب دیا۔

اشیم خاموش ہو کر اپنے کام میں مشغول ہو گیا —— تھوڑی دیر کے بعد شمی نے ایک صفحہ لکھنے کے بعد اشیم کو درستی کے لئے دکھایا —— اشیم نے اُسے بگڑے ہوئے حروف کی اصلی شکل بتائی۔ اور اسے قلم ہاتھ میں پکڑا کر لکھنے کی ترکیب بتائی۔

شمی اشیم کے پہلو میں مسہری پر ٹانگیں لٹکائے بیٹھی تھی اور اشیم جھکا ہوا اس کا ہاتھ اپنے ہاتھ میں تھام کر اسے الفاظ کے دائرے بنانے کی ترکیب بتا رہا تھا

کہ دفعتاً ایک زوردار آواز کے ساتھ دروازہ کُھلا اور رمی اندر داخل ہوئی۔

اشیم اور شمی نے چونک کر اس کی جانب دیکھا۔ رمی کے چہرے پر سخت جوش کے آثار تھے اور اس کی آنکھوں میں رشک و حسد کے جذبات مچل رہے تھے۔

رمی چند ثانیوں تک کھڑی ہوئی ان کی جانب گھورتی رہی۔ پھر یکایک واپس جانے کے لئے مڑتے ہوئے وہ طنزیہ انداز میں بولی۔

"معاف کیجئے، میں آپ لوگوں کے تخلیہ میں مخل ہوگئی۔"

اشیم اس کے ناراض ہونے کی وجہ فوراً سمجھ گیا۔ رمی اس کے پہلو میں اس بے تکلفی کے ساتھ شمی کو بیٹھے ہوئے دیکھ کر ناراض ہوگئی تھی۔ وہ سمجھی کہ اشیم اسے دھوکا دے کر شمی سے محبت کرنے لگا ہے۔ اشیم نے اسے جاتے ہوئے دیکھ کر فوراً آواز دی۔

"رمی ـــــ!"

لیکن رمی اس کی آواز سننے کے باوجود کمرے میں نہ رُکی۔ وہ پیر پٹکتی ہوئی کمرے کے باہر بھاگ گئی۔

"رمی کو یہ کیا ہوگیا؟" اشیم نے شمی کی جانب دیکھتے ہوئے افسوس کے انداز میں پوچھا۔

"پتہ نہیں کیوں خفا ہوگئی؟" شمی نے حیرت سے کہا۔

"میرا خیال ہے وہ تمہیں میرے پہلو میں دیکھ کر ناراض ہوگئی ہے۔"

"شاید ایسا ہو۔" شمی نے اثبات میں سر ہلایا اور کرسی پر بیٹھ کر پھر لکھنے میں مشغول ہوگئی ـــــ

اشیم چند لمحوں تک کچھ سوچتا رہا پھر اس نے شمی سے پوچھا۔

"رمی کونسے کمرے میں رہتی ہے؟"

"برآمدہ کے دوسری جانب والے کمرے میں۔" شمی نے سر اٹھائے بغیر

جواب دیا۔

اشیم فوراً اُٹھ کھڑا ہوا اور جس کمرے کے بارے میں شمی نے بتایا تھا اس کی جانب چل پڑا —— برآمدہ کے دوسری جانب باورچی خانہ کے عین مقابل رمی کا کمرہ تھا۔ اس سے پیشتر اشیم نے اپنے کمرے کے علاوہ کسی کمرے میں بھی روشنی نہ دیکھی تھی۔ حتیٰ کہ اسے اچھی طرح علم تھا کہ مکان کے باقی سارے کمرے ویران اور خالی پڑے ہیں لیکن اس روز اسے یہ دیکھ کر حیرت ہوئی کہ رمی کے کمرے میں روشنی ہو رہی تھی۔ اگرچہ اس کمرے کا دروازہ بند تھا لیکن درزوں میں سے تیز روشنی کی باریک باریک لکیریں فرش پر پڑ رہی تھیں۔

اشیم نے آگے بڑھ کر دروازہ کھولنے کے لئے ہینڈل پر ہاتھ رکھا، لیکن یکایک اس کا ہاتھ جہاں تھا وہیں رہ گیا۔ اسے کمرے کے اندر سے کسی کے سسکیاں لے لے کر رونے کی آواز آئی۔ وہ دروازہ سے کان لگا کر سننے لگا۔ آواز بالکل رمی کی تھی۔

اسے سخت افسوس ہوا کہ رمی خواہ مخواہ ایک غلط فہمی میں مبتلا ہو گئی ہے۔ چند لمحے سوچنے کے بعد اس نے دروازہ کھٹکھٹایا۔

سسکیوں کی آوازیں فوراً خاموش ہو گئیں اور رمی کی آواز آئی۔

"اندر آجاؤ۔"

اشیم آہستہ سے دروازہ کھول کر اندر داخل ہو گیا۔ لیکن کمرہ میں داخل ہوتے ہی اس کی آنکھیں حیرت سے پھٹی رہ گئیں —— وہ کمرہ جو دن میں ویران اور خالی پڑا رہتا تھا اب ہر قسم کے سامان آرائش سے آراستہ تھا۔ فرش پر ایک قیمتی قالین پڑا تھا۔ سامنے ہی ایک عمدہ مسہری تھی جس پر بے داغ سفید بستر بچھا ہوا تھا۔ ایک کونے میں چھوٹی سی میز رکھی تھی جس پر ایک بڑا سا لیمپ

روشن تھا۔ کھونٹیوں پر زنانہ استعمال کے کپڑے ٹنگے ہوئے تھے۔ ایک جانب دیوار میں بنی ہوئی کارنس سنگار میز کا کام دے رہی تھی جس پر ایک بڑا سا آئینہ اور آرائش حُسن کا بہت سا سامان رکھا تھا۔ ایک جانب الماری میں کچھ کتابیں بھی رکھی ہوئی تھیں۔

لیکن ایک خاص بات اشیم نے فوراً ہی محسوس کرلی ـــــ کمرے کی ہر چیز آج کے دور کی نہیں تھی۔ بلکہ پچاس سال پرانے زمانے کی معلوم ہوتی تھی۔ کرسی، میز اور مسہری ہر چیز بھاری اور پرانی ساخت کی تھی ـــ لیمپ بھی اسی قسم کا تھا جیسا اب سے پچاس سال پیشتر استعمال کیا جاتا تھا۔

اشیم حیران وششدر دروازہ پر کھڑا تھا۔ بیکایک رمی کی آواز نے اُسے چونکا دیا: "آؤ اشیم بابو۔ اندر آجاؤ"

اب پہلی بار اشیم نے چونک کر رمی کی جانب دیکھا۔ اس کا چہرہ اب بھی اُداس تھا اور اُس کے شفاف رخساروں پر آنسوؤں کے نشانات ظاہر تھے۔

اشیم آگے بڑھ کر مسہری پر جا بیٹھا۔ اور رمی کا ہاتھ پکڑ کر اسے اپنے پہلو میں بٹھاتے ہوئے بولا۔

"تم رو رہی تھیں؟"

"نہیں تو ـــ" رمی نے مصنوعی مسکراہٹ سے جواب دیا۔

"جھوٹ ـــ" اشیم نے اس کا ہاتھ اپنے ہاتھ میں لے کر پیار سے سہلاتے ہوئے کہا "میں نے خود دروازے کے باہر تمہاری سسکیوں کی آواز سنی تھی"

"پھر کیوں پوچھ رہے ہو؟" رمی نے نیچی نگاہوں سے پوچھا۔

"یہ جاننے کے لئے کہ تم کیوں رو رہی تھیں ـــ اور کیوں میرے کمرے سے ناراض ہو کر بھاگ آئی تھیں"

۸۲

رمی نے اپنا چہرہ اوپر اُٹھایا اور اشیم کی آنکھوں میں آنکھیں ڈال کر بولی۔

"میرا خیال تھا شاید تم اس کی وجہ بھی جانتے ہوگے"

"میں بھلا تمہارے دل کا حال کیسے جان سکتا ہوں؟"

"تم افسانہ نگار ہو — اور میں سمجھتی ہوں کہ ایک افسانہ نگار کم از کم اتنا سمجھدار ضرور ہوتا ہے کہ دوسرے کی نگاہوں اور چہرے کے تاثرات سے دل کا حال معلوم کرلے۔"

"خیر! میرے بارے میں کسی خوش فہمی میں مبتلا ہونا بیکار ہے" اشیم نے ہنس کر جواب دیا "کیونکہ میں افسانہ نگار ہونے کے باوجود اس قدر عقلمند نہیں ہوں"

"عقلمند نہیں، تو پھر تم یہاں میرے کمرے میں کیوں آئے ہو" رمی نے تیکھی نظروں سے اس کی جانب دیکھتے ہوئے کہا۔

"میں وجہ بتا چکا ہوں"

چند لمحوں کے لئے دونوں خاموش بیٹھے رہے۔ پھر آخر اشیم نے کہا۔

"تم شمی کو میرے پہلو میں دیکھ کر خفا ہو گئی تھیں"

"بھلا مجھے خفا ہونے کی کیا ضرورت ہے؟ — میں کون ہوتی ہوں تم پر خفا ہونے والی — تم چاہے جسے اپنے پہلو میں بٹھاؤ"

"تم غلط فہمی میں مبتلا ہو رہی ہو رمّی" اشیم نے سنجیدگی سے کہا۔ "میرے لئے تم اور شمی دونوں برابر ہو — تم اچھی طرح جانتی ہو کہ میں اگر تم میں سے کسی ایک سے تعلقات بڑھانا بھی چاہوں تو نہیں بڑھا سکتا۔ کیونکہ ہماری موجودہ صورتوں میں یہ ناممکن ہے۔ دوستانہ تعلقات کے علاوہ اور کسی قسم کے رشتے کے بارے میں اس وقت تک سوچا ہی نہیں جا سکتا جب تک میں مر کر تمہاری طرح روح نہ بن جاؤں یا تم کسی مادی جسم میں داخل نہ ہو جاؤ۔ اور فی الحال یہ دونوں باتیں ناممکن ہیں"

"یہ تو میں بھی جانتی ہوں" رمّی نے شرماتے ہوئے کہا "لیکن اس کے باوجود

۸۳

آپ عورت کی فطرت کو نظر انداز نہیں کر سکتے۔ اس میں شک نہیں اس وقت میں ایک روح ہوں لیکن میرے جذبات پھر بھی ایک ایسی عورت کی طرح ہیں جو اپنے خاکی وجود میں زندہ و سلامت ہو۔"

"حیرت ہے کہ تم روح ہونے کے باوجود ایک دوسرے سے حسد کرتی ہو جبکہ تم، لوگوں کے دلوں کا حال بھی بہ آسانی سمجھ سکتی ہو؟"

"حسد کی وجہ تو اصل میں یہی ہے؟" رمی نے یاس انگیز نگاہوں سے اس کی جانب دیکھتے ہوئے کہا۔" میری یہ قوت کہ میں تمہارے دل کا حال جان سکتی ہوں، میرے لئے تکلیف دہ بن رہی ہے۔ میں تمہارے دل کا حال اچھی طرح جانتی ہوں۔ اس میں شک نہیں کہ تم مجھ سے محبت کا برتاؤ کرتے ہو۔ تم میرے ساتھ ویسا ہی سلوک کرنا چاہتے ہو جیسا شمی کے ساتھ۔ لیکن اس کے باوجود تمہارے دل میں تمہارے لاشعور میں ایک جذبہ ایسا موجود ہے جو مجھ پر شمی کو فوقیت دیتا ہے یا دوسرے لفظوں میں یوں سمجھئے کہ تمہارے دل پر میری بہ نسبت شمی زیادہ اثر انداز ہے ــ بولو کیا ایسا نہیں ہے؟ ــ کیا میں جھوٹ بول رہی ہوں؟"

اشیم کو ایسا محسوس ہوا جیسے واقعی رمی نے اس کی چوری پکڑ لی ہو ــــ اس کے لئے سخت مشکل کا سامنا تھا ــ اب وہ ان لڑکیوں سے اپنی دلی کیفیات بھی پوشیدہ نہیں رکھ سکتا تھا۔

"شاید ایسا ہو۔" اشیم نے ٹالنے کے لئے کہا۔

"شاید نہیں۔ ایسا یقینی ہے۔" رمی نے اپنے الفاظ پر زور دیتے ہوئے کہا "تم اپنے آپ کو دھوکا دے سکتے ہو لیکن مجھے دھوکا نہیں دے سکتے۔ کیونکہ میں روح ہوں ــ میری نگاہیں تمہارے دماغ اور تمہارے سینے کے اندر کا ایک ایک راز معلوم کر سکتی ہیں۔"

اشیم گھبرا گیا۔ اس نے جلدی سے پوچھا۔

"کیا انسان کے ماضی کے راز بھی تم معلوم کر سکتی ہو؟"

"نہیں۔" رمی نے جواب دیا۔ "البتہ موجودہ حالت میں اگر کسی شخص کے بارے میں تم سوچو تو میں ذرا سی کوشش سے فوراً معلوم کر سکتی ہوں۔ مثلاً میں بتا سکتی ہوں کہ اس وقت تم "لتا" نام کی کسی لڑکی کے بارے میں سوچ رہے تھے۔"

شرم کی وجہ سے اشیم کا چہرہ سرخ ہو گیا۔ لیکن فوراً ہی اپنی ناکام محبت کا خیال کر کے اس کا چہرا اُداس ہو گیا۔ رمی کی نگاہیں اشیم کے چہرے پر جمی ہوئی تھیں

"کیوں۔ کیا تم اس لڑکی سے محبت کرتے ہو؟" رمی نے حسد آمیز لہجہ میں پوچھا

اشیم چونک پڑا۔ اس کا چہرا پیلا پڑ چکا تھا۔۔۔ اس نے بہ مشکل اپنے آپ پر قابو پاتے ہوئے کہا۔

"کیا لتا کے بارے میں تم نے کسی اور وقت بھی میرے خیالات پڑھنے کی کوشش کی ہے؟"

"نہ۔" رمی نے انکار میں سر ہلاتے ہوئے کہا۔ "اس سے پہلے میں صرف شمی کے اور اپنے بارے میں تمہارے خیالات پڑھنے کی کوشش کیا کرتی تھی۔ کیونکہ مجھے کسی اور سے کوئی واسطہ نہیں تھا۔۔۔ لیکن اب۔۔۔؟" یکایک اس نے اپنا جملہ نامکمل چھوڑ کر اشیم کا ہاتھ اپنے ہاتھوں میں لیتے ہوئے کہا۔

"سچ بتاؤ کیا واقعی تم اس لڑکی لتا سے محبت کرتے ہو۔۔۔ کون ہے وہ؟"

"ہاں۔" اشیم نے سامنے دیوار پر نگاہیں جماتے ہوئے کہا۔ "میں لتا سے محبت کرتا ہوں۔۔۔ مجھے لتا سے عشق ہے۔۔۔ اگرچہ اس نے میری محبت کو ٹھکرا دیا ہے پھر بھی میں اُسے کبھی نہیں بھلا سکتا۔۔۔ اس کی محبت کبھی میرے دل سے نہیں نکل سکتی کیونکہ وہ میری رگ رگ میں سرایت کر چکی ہے۔ وہ میرے خون میں بس چکی ہے۔"

رمی کے چہرے پر رشک و حسد کے تیز آثار ایک بار پھر پیدا ہوئے۔ لیکن اس نے فوراً ہی خود پر قابو پالیا اور بولی۔

"کون ہے وہ لڑکی؟"

"اسی شہر کے ایک دولتمند باپ کی بیٹی ہے۔"

"پھر! کیا اس نے تمہارے ساتھ شادی کرنے سے انکار کر دیا ہے؟"

"ہاں ــــ"

"کیوں ــــ مجھے پوری کہانی سناؤ۔"

"نہیں ــــ" اشیم نے مسہری سے اٹھتے ہوئے کہا۔ "اب وہ کہانی سنانے سے کیا حاصل ــــ اب بار بار اس کا ذکر کر کے میں اپنے دل کے زخموں کو کریدنا نہیں چاہتا ــــ"

یہ کہہ کر وہ تیز چلتا ہوا کمرے سے باہر نکل گیا۔

اپنے کمرے میں پہنچا تو اس کا چہرہ شدتِ غم سے اس قدر سفید تھا۔ جیسے اس کا سارا خون نچوڑ لیا گیا ہو۔ سمی اور رمی کی موجودگی میں وہ لتا کو بھول جانے کی کوشش کر رہا تھا ــــ وہ حتی الامکان اس کے خیال سے دور دور رہنے کی کوشش کرتا تھا۔ لیکن اتفاقاً آج پھر لتا کا موضوع چھڑ گیا اور تمام گذشتہ واقعات اس کے ذہن کے پردوں پر ناچنے لگے۔ اپنی ناکامی کا احساس کانٹا بن کر اس کے دل میں چبھنے لگا۔

سمی نے لکھتے لکھتے سر اٹھا کر اشیم کی جانب دیکھا اور اسے مایوس و پریشان دیکھ کر حیرت سے پوچھا۔

"کیوں ــــ کیا ہوا ــــ؟"

اشیم نے کوئی جواب نہ دیا ــــ وہ اپنی مسہری پر سر پکڑ کر بیٹھ گیا ــــ سمی چند لمحوں تک اسے حیرت سے دیکھتی رہی پھر کرسی سے اٹھ کر اس کے پہلو میں آبیٹھی

۸۶

اور پوچھا ـــــ

"کیا ہو گیا اشیم بابو۔"

اشیم نے اپنا سر اوپر اٹھایا۔ اور شمی کی آنکھوں میں آنکھیں ڈالتے ہوئے بولا۔

"کیا تم بھی دوسروں کے دل کا راز پڑھنے کی قوت رکھتی ہو؟"

"ہاں ـــ" شمی نے جواب دیا۔ "لیکن میں ایسا کرنا بُرا سمجھتی ہوں۔"

اب اشیم کے حیران ہونے کی باری تھی۔

"کیوں ـــ ؟" اس نے سوال کیا۔

"اس لئے کہ یہ بُری بات ہے۔" شمی نے سادگی سے کہا۔ "انسان کے دل میں اچھے اور بُرے سینکڑوں خیال آتے ہیں ـــ بھلا مجھے کیا حق ہے کہ میں اس کے دل کے راز پڑھوں اور اس کے دل کی بُرائیاں معلوم کر کے اسے شرمندہ کروں۔"

"اوہ شمی ـــ" اشیم نے شمی کی کمر میں ہاتھ ڈالتے ہوئے کہا۔ "تم کتنی نیک اور اچھی روح ہو۔"

"لیکن بات کیا ہوئی؟" شمی نے پوچھا۔

"لمی نے مجھے بتایا کہ وہ میرے خیالات پڑھتی رہی ہے۔ حتیٰ کہ گفتگو کے دوران میں جو باتیں میرے ذہن میں آئیں وہ بھی اس نے بتا دیں۔ اس سے مجھے سخت پریشانی ہوئی ـــ"

"دراصل وہ مجھ سے حسد کرنے لگی ہے۔" شمی نے ہنستے ہوئے کہا۔ "وہ شروع ہی سے ذرا زیادہ جذباتی ہے۔ حالانکہ موجودہ حالت میں وہ اچھی طرح جانتی ہے کہ دوستی کے علاوہ ہمارے تمہارے درمیان کوئی اور رشتہ قائم نہیں ہو سکتا۔"

"یہی بات میں نے اسے سمجھائی ہے۔"

"خیر چھوڑو ـــ تم خواہ مخواہ اپنے آپ کو کیوں پریشان کرتے ہو ـــ اب

یہ بتاؤ کہ کیا کل سے تم باقاعدہ مجھے پڑھاؤگے؟"

"ہاں — تمہیں بھی اور رمی کو بھی۔"

"تو پھر کل ہمارے لئے بازار سے کتابیں لیتے آنا۔"

"بہت اچھا — لیکن شمی" یکایک اس نے ایک خیال کے زیرِ تحت کہا: "میں حیران ہوں کہ برآمدہ کے دوسری جانب والا وہ کمرہ دن میں تو ویران اور خالی تھا۔ اب اس میں اس قدر سامان کہاں سے آگیا؟"

"یہ سب روحوں کی دنیا کا ایک معجزہ یا راز ہے جسے میں ظاہر نہیں کر سکتی۔" شمی نے ہنس کر جواب دیا۔

"کیا تمہارا کمرہ بھی ایسا ہی ہے؟"

"ہاں۔"

"کیا اب یہ سامان اسی طرح رہے گا؟"

"یہ کل دن میں خود دیکھ لینا —" شمی نے ہنس کر جواب دیا۔ "خیر یہ بعد کی باتیں ہیں۔ پہلے تم میری یہ تحریر اور دیکھ لو۔ جو میں نے تمہاری غیر موجودگی میں لکھی ہے۔"

اشیم نے کاپی اس کے ہاتھ سے لے لی اور غلطیاں بنا کر واپس کر دی۔ تھوڑی دیر بعد ہی رمی بھی کمرے میں آ گئی۔ اب وہ کسی قدر پرسکون معلوم ہوتی تھی۔ اشیم نے اسے دیکھ کر کہا۔

"میں چاہتا ہوں کہ یوں باتوں میں وقت برباد کرنے سے بہتر ہے، کہ تم دونوں پڑھ ہی لیا کرو۔"

"بڑا اچھا خیال ہے۔" رمی نے ہنس کر کہا۔ "میں ضرور پڑھوں گی۔"

"بس تو تم بھی لکھنے کی مشق کرو۔" اشیم نے اسے بھی سادی کاپی دیتے ہوئے کہا۔

رمی نے کاپی لے لی اور شمی کے پاس ہی میز پر بیٹھ کر اس نے بھی لکھنا شروع کر دیا ---- دونوں بھوت بہنوں کو کام سے لگا کر اسیم کو بھی فرصت مل گئی اور اس نے اپنا نیا ناول لکھنا شروع کر دیا۔

پندرھواں باب

دوسرے روز گیارہ بجے آنکھ کھلتے ہی سب سے پہلے اسیم اس کمرے میں گیا جس میں رات کو اس نے رمی سے ملاقات کی تھی۔ لیکن دروازہ کھول کر وہ دہلیز پر ہی حیران کھڑا رہ گیا۔ کیونکہ وہ کمرہ سابق کی طرح ہی ویران اور خالی تھا۔

"عجیب طلسم ہے؟" اس نے بڑبڑا کر خود سے کہا۔ اور مکان کے دوسرے تمام کمرے اس نے کھول کر دیکھنے شروع کئے لیکن کسی میں بھی ایسے آثار نظر نہ آئے کہ کوئی ان میں رہتا ہے ---- مجبوراً تھک ہار کر وہ پھر اپنے کمرے میں واپس آ گیا۔

بارہ بجے کے قریب وہ ہوٹل سے کھانا کھا کر جنک کے ہاں جا رہا تھا اس کا ذہن اس وقت کئی الجھنوں میں پھنسا ہوا تھا۔ وہ سوچ رہا تھا کہ رمی کا کیا کرے؟ اسے کیسے سمجھائے۔ اُسے ڈر تھا کہ ان دونوں بھوت بہنوں کی آپس کی رقابت میں اس کی ذات کو کوئی نقصان نہ پہنچے۔ اس میں کوئی شک نہیں کہ شمی بھی رمی کی طرح صرف ایک روح تھی اور اس سے دلچسپی لینا حماقت تھی۔ لیکن اس کے باوجود وہ اس حقیقت کو نظر انداز نہیں کر سکتا تھا کہ لتا کے بعد اگر کسی

لڑکی ہیں اس کے لئے دلچسپی پیدا ہوئی تھی تو وہ رشمی تھی —— جبکہ وہ اچھی طرح سمجھتا تھا کہ یہ دلچسپی لا حاصل ہے۔ ایک روح کے ساتھ مادّی دنیا سے تعلّق رکھنے والے ایک انسان کا کوئی تعلق کسی حالت میں قائم نہیں ہو سکتا۔

لیکن فی الحال وہ اس سوال سے بے تعلق کہ وہ لڑکیاں اصل میں بھوت ہیں اس پریشانی میں الجھا ہوا تھا کہ ان دونوں کی رقابت کس طرح ختم کی جائے —— رمی کی توجہ اپنی جانب سے کیسے ہٹائے —— یکایک ایک روشنی سی اس کے دماغ میں جگمگا اُٹھی۔ اسے خیال آیا کہ جنک خوبصورت بھی ہے اور نوجوان بھی —— اگر کسی طرح ان دونوں بھوت لڑکیوں کو جنک کے سامنے بھی اسی طرح بے تکلّفی سے آنے جانے پر راضی کر لیا جائے تو یقیناً رمی میری جانب سے مایوس ہو کر جنک کی طرف مائل ہو جائے گی اور ان دونوں کی رقابت خود بخود ختم ہو جائے گی۔

"بس یہ ٹھیک ہے۔" اشیم نے دل ہی دل میں اپنے اس فیصلہ پر خوش ہوتے ہوئے کہا۔ اور اپنے خیال میں مست تیز تیز قدم اٹھانے لگا۔

وہ اس وقت شہر کے ایک بارونق بازار سے گذر رہا تھا۔ سڑک کے دونوں طرف فلک بوس عمارتیں اور شاندار دکانیں تھیں۔ یکایک چلتے چلتے اس کے قدم رُک گئے، اور نگاہیں سامنے ایک جگہ ٹھہر گئیں۔ اس کی ساری خوشی ایک لمحہ میں کافور ہو گئی اور دل پر یاس کی کیفیت طاری ہو گئی۔ سامنے ہی ایک دکان سے نکل کر لتا اور انل آ رہے تھے۔ دونوں ایک دوسرے کے ہاتھ میں ہاتھ ڈالے کسی بات پر قہقہے لگاتے ہوئے آ رہے تھے —— لتا کو دیکھ کر آن واحد میں پورا ماضی اشیم کے دماغ میں گھوم گیا —— وہ سوچنے لگا کبھی اسی طرح لتا میری آغوش میں قہقہے لگایا کرتی تھی۔ لیکن آج ..."

اسے اپنا دل سینے میں بیٹھتا ہوا محسوس ہونے لگا اور آنکھوں کے سامنے

چنگاریاں سی ناچنے لگیں۔ اس نے چاہا کہ نظر بچا کر ان کے پہلو سے گذر جائے۔ لیکن اتفاق سے لتا سے اس کی نگاہیں مل گئیں۔ اور مجبوراً اسے سلام کرنا پڑا ـــــ انل اور لتا اس کے سامنے آکر ٹھٹھک گئے۔

"ہیلو اشیم"۔ لتا نے نہایت بے تکلفی سے کہا۔ "کہو کیا حال ہے؟"

اشیم نے محسوس کیا کہ اسے دیکھ کر انل کے چہرے پر ناگواری کے آثار پیدا ہو گئے تھے۔

"زندہ ہوں"۔ اشیم نے مایوسی کے لہجہ میں کہا۔

"کہاں رہتے ہو آج کل؟"

"زندگی سے بیزار آدمی کا رہنا ہی کیا ـــــ جہاں رات ہو گئی۔ پڑ رہے"۔

"پہلے سے کچھ دُبلے نظر آ رہے ہو ـــ کیا بیمار رہتے؟"

"بدقسمتی سے بچ گیا ہوں ـــــ مر جاتا تو اچھا ہوتا"۔ اشیم نے نظریں نیچی کئے جواب دیا۔

وہ بے چین تھا کہ لتا گفتگو ختم کرے تو وہ رخصت ہو ـــــ آج لتا سے گفتگو کرتے ہوئے اسے سخت روحانی کوفت ہو رہی تھی۔

"چلو لتا"۔ یکا یک انل نے لتا کا ہاتھ دباتے ہوئے کہا۔

"ٹھہرو چلتی ہوں"۔ لتا نے جواب دیا۔ "اتنی بھی کیا جلدی ہے مسٹر اشیم ایک مدت کے بعد ملے ہیں ـــــ آیئے مسٹر اشیم سامنے ہوٹل میں ذرا سی دیر بیٹھ کر کچھ باتیں کریں گے"۔

لتا کا جواب سُن کر انل کا چہرہ غصہ سے سُرخ ہو گیا۔ لیکن اس نے زبان سے کوئی لفظ نہیں کہا۔ ایک لمحہ کے لئے اشیم کو خیال پیدا ہوا کہ وہ لتا کی دعوت پر انکار کردے۔ لیکن انل کا بجھا ہوا چہرہ دیکھ کر اس کے دل میں غصہ اور رقابت کی آگ

بھڑک اٹھی۔ اس نے سوچا یہی وہ شخص ہے جس نے اس کی ساری مسرتیں چھین لی ہیں۔ جو اس کے اور لتا کے درمیان آہنی دیوار بن کر حائل ہو گیا ہے۔

انسان کی فطری کمزوری اس پہ غالب آ گئی —— اس کے ذہن میں خیال آیا کہ میں لتا کے ساتھ کچھ دیر ہوٹل میں بیٹھ کر بات چیت کروں گا تو یقیناً انل کو دلی صدمہ پہنچے گا۔ اس لئے اس نے فوراً وہ دعوت قبول کر لی۔

پہلی ملاقات میں اس سے انل نے جس بے تکلفی اور خوشی کا اظہار کیا تھا وہ اس بار بالکل ختم ہو چکا تھا —— وہ اشیم کو لتا کی دعوت قبول کرتے دیکھ کر اور زیادہ غصّہ سے بھڑک اٹھا —— اس کے چہرے پہ ناقابل بیان نفرت کے جذبات ابھر آئے۔

"لتا ——" اس نے اشیم کی جانب خونی نظروں سے دیکھتے ہوئے کہا —— "مجھے ایک ضروری کام ہے اس لئے بہتر ہے کہ اس وقت چائے کا پروگرام ملتوی کر دیا جائے ——"

لتا نے حیرت سے اس کی جانب دیکھا اور جواب دیا۔

"ابھی تو تم کہہ رہے تھے کہ شام تک مجھے فرصت ہے —— ؟"

"ہاں ——" انل نے جلدی سے گھبرا کر جواب دیا: "لیکن ابھی ابھی مجھے ایک ضروری کام یاد آ گیا ہے۔"

"تو اس صورت میں بہتر ہے کہ تم چلے جاؤ —— میں مسٹر اشیم سے چند منٹ بات کر کے آ جاؤں گی۔"

"لتا ——" انل نے بے بسی سے اس کی جانب دیکھا جیسے نگاہوں کے ذریعہ التجا کر رہا ہو کہ وہ پروگرام کینسل کر دے۔

"مسٹر انل ——" یکایک لتا نے ذرا نخوت کے انداز میں کہا: "میں آپ کے

جذبات کو بخوبی سمجھتی ہوں ـــــ لیکن آپ کو معلوم ہونا چاہیئے کہ منگنی یا شادی ہو جانے کے یہ معنی نہیں ہیں کہ تم مجھ سے کنیزوں یا لونڈیوں جیسا برتاؤ کرو۔ میں اپنی مرضی کی مختار ہوں۔ چاہے جس سے ملوں چاہے جس سے نہ ملوں۔"

"میں نے یہ کب کہا ہے کہ مجھے تمہارے مسٹر اشیم سے ملنے پر اعتراض ہے" انل نے بے بسی سے کہا۔

"نہ کہنے سے کیا ہوتا ہے ـــ تمہارے چہرے سے تو ظاہر ہے ـــ" لتا نے جواب دیا۔ "بہر حال بات بڑھانا لاحاصل ہے۔ اگر تمہیں واقعی کوئی ضروری کام ہے تو تم جا سکتے ہو۔ میں اشیم سے کچھ باتیں کرنا چاہتی ہوں ـــ ذرا غور کرو کتنے عرصہ کے بعد ہم ملے ہیں۔"

"بہت اچھا ـــ" انل نے آہستہ سے کہا۔ "میں چلتا ہوں تم آجانا۔"

یہ کہہ کر اس نے پھر ایک بار اشیم کے چہرے پر ایک خوفناک نظر ڈالی جس میں نفرت اور غصہ اپنے انتہائی درجہ پر تھا۔ اور وہ لتا کے جواب کا انتظار کیئے بغیر تیز چلتا ہوا ایک جانب کو روانہ ہوا۔

اشیم کو انل کی اس ہتک پر زبردست خوشی ہوئی۔ اور اس نے ظاہری طور پر لتا سے کہا۔

"آپ نے میری وجہ سے خواہ مخواہ مسٹر انل کو ناراض کر دیا۔"

"اوہ! کوئی بات نہیں۔" لتا نے جواب دیا۔ "آؤ۔ ہوٹل میں بیٹھ کر باتیں کریں گے ـــ"

اشیم کے دل میں خواہش پیدا ہوئی کہ وہ انکار کر دے لیکن پھر خیال آیا کہ نہ جانے لتا اس سے کیا باتیں کرنا چاہتی ہے اس لئے وہ چلنے پر آمادہ ہو گیا ہوٹل میں آدمیوں سے دور ایک خالی میز پر بیٹھ کر لتا نے بیرے کو

چائے لانے کا آرڈر دیا —— اشیم نے موقعہ سے فائدہ اٹھاتے ہوئے کہا۔

"میں اپنی جانب سے آپ کو دلی مبارکباد پیش کرتا ہوں۔"

"کس بات کی —— ؟" لتا نے نظریں نیچی کرکے انگلیاں چٹخاتے ہوئے کہا۔

"مسٹر انل سے منگنی کی —— اور عنقریب ہونے والی شادی کی۔"

لتا کا چہرا پیلا پڑ گیا —— اس نے کسی قدر رندھے ہوئے گلے سے کہا۔

"اشیم —— مجھے اس بات کا افسوس ہے کہ میری وجہ سے تمہیں سخت تکلیفوں اور دکھوں کا سامنا ہوا ہے۔ مجھے جنک کا خط تمہاری بیماری کے بارے میں مل گیا تھا۔ لیکن یقین کرو میں صرف اس لئے نہیں آئی تھی کہ تمہاری وہ حالت دیکھ کر مجھے سخت تکلیف ہوتی۔ اور تمہیں بھی مجھ کو دیکھ کر یقیناً ذہنی کوفت ہوتی جس سے خطرہ تھا شاید تمہاری بیماری اور طویل پکڑ جاتی۔"

"کاش میں اس بیماری سے مر گیا ہوتا۔"

"نہیں —— ایسی مایوسی کی باتیں کیوں کہتے ہو؟"

"میری زندگی میں اب کشش ہی کیا باقی رہ گئی ہے جو زندہ رہنے کی تمنا کروں۔"

"ایک بے وفا کے لئے اس قدر پریشان ہونے کی کیا ضرورت ہے" —— لتا نے جھپی ہوئی نظروں سے اس کی طرف دیکھتے ہوئے کہا۔ "کوئی اچھی سی لڑکی تلاش کرکے شادی کرلو ——"

"انسان زندگی میں صرف ایک بار محبت کرسکتا ہے لتا —— محبت کوئی تجارت نہیں ہے جو ہر وقت اور ہر جگہ کی جاسکے —— بہر حال چھوڑو اس ذکر کو —— میں خواہ مخواہ اپنی پریشانیوں کا ذکر کرکے تمہاری طبیعت مکدر کرنا نہیں چاہتا —— جو قسمت میں لکھا تھا ہوگیا۔"

"یقین کرو اشیم" لتا نے شرمندگی کے لہجہ میں کہا۔ "مجھے اپنی اس بے جا حرکت

بے حد سخت افسوس ہے لیکن میں پتا جی کی وجہ سے مجبور ہو گئی تھی ـــ اور تمہیں وہ سخت خط لکھنے سے میری مراد صرف یہ تھی کہ تم مجھے بے وفا سمجھ کر مجھ سے نفرت کرنے لگو"

"میری محبت اتنی کمینی نہیں تھی لتا جو اتنی جلد نفرت سے بدل جاتی ـــ" اشیم نے جواب دیا۔

"میں جانتی ہوں" لتا نے کہا: "یہی وجہ ہے کہ میں تمہیں آج بھی نہیں بھلا سکی آج بھی اگر میرے پتا راضی ہو جائیں تو میں انل کو چھوڑ سکتی ہوں ـــ تم جانو پتا جی کے احکام کی خلاف مرضی کام کرنا ایک اولاد کو زیب نہیں دیتا!"

"چلیئے جو ہوا ٹھیک ہوا" اشیم نے بات ٹالنے کی غرض سے کہا: "کیا انل کو ہمارے گذشتہ تعلقات کا علم ہو گیا ہے؟"

"ہاں ـــ پتا جی نے اسے بتا دیا تھا ـــ یہی وجہ تھی کہ وہ اس بار تمہیں دیکھ کر رقابت سے بھڑک اٹھا!"

"لیکن تمہیں اس کے ساتھ ایسا برتاؤ نہیں کرنا چاہئے تھا۔ کیونکہ ظاہر ہے کہ تمہیں اس کے ساتھ زندگی گذارنی ہے!"

"میں اس بات کا خود خیال رکھتی ہوں۔ لیکن تمہیں دیکھ کر میں خود پر قابو نہیں رکھ سکی۔ شاید تم اسے بھی فریب سمجھو۔ لیکن اشیم یہ حقیقت ہے کہ میں آج بھی تمہیں نہیں بھولی ہوں۔ تمہاری جدائی کا میرے دل و دماغ پر کچھ کم اثر نہیں ہے چنانچہ یہی وجہ ہے کہ میری صحت خراب ہونے لگی ہے ـــ مجھے اس دو ماہ کے اندر تین بار دل کے دورے پڑ چکے ہیں۔"

"لیکن اب میرے بارے میں غم کرنے سے کیا حاصل ہے ـــ تمہیں اپنی صحت کا پوری طرح خیال رکھنا چاہئے!"

بیرا چائے کبھی کی رکھ گیا تھا۔ لیکن باتوں میں دونوں کو خیال نہ رہا آخر اشیم

نے لتا کی توجہ ہٹانے کے لئے کہا۔

"ارے چائے تو بنائیے۔"

"اوہ! میں تو بھول ہی گئی تھی۔"

اس نے جلدی سے ٹرے اپنی جانب کھینچ کر چائے بنائی۔ اور ایک کپ اشیم کی طرف سرکاتے ہوئے بولی۔

"اشیم ــــ عرصے سے ایک بار میں تم سے ملنے کی خواہشمند تھی۔"

"کیوں ــــ؟"

"میں ایک بار تم سے مل کر اپنی اس زیادتی کی معافی مانگنا چاہتی تھی ــــ یقین کرو میں اپنے ضمیر پر ایک بوجھ سا محسوس کرتی ہوں۔ اس لئے چاہتی ہوں کہ تم میری خطائیں معاف کر دو۔"

"مجھے تم سے کوئی شکایت نہیں لتا۔" اشیم نے ایک مایوس مسکراہٹ سے جواب دیا۔ "اگر واقعی تم نے مجھے دانستہ کوئی تکلیف پہنچائی ہے تو اس کے لئے میں کھلے دل سے تمہیں معاف کرتا ہوں۔"

"آہ اشیم ــــ" لتا نے کانپتی ہوئی آواز سے کہا۔ "مجھے خوشی ہے کہ تم نے مجھے معاف کر دیا۔ اب اگر میں مر بھی جاؤں گی تو مجھے افسوس نہ ہوگا۔"

"کیوں ــــ اس قدر مایوسی کی باتیں کیوں کرتی ہو؟"

"آہ۔ تمہیں معلوم نہیں۔ جب سے مجھے دل کے دورے پڑنے شروع ہوئے ہیں۔ مجھے اپنی زندگی کی بہت کم امید ہے۔ نہ جانے کب اسی طرح بیٹھے بیٹھے حرکت قلب بند ہو جائے ــــ میرے چہرے سے بیماری ظاہر نہیں ہوتی کیونکہ رات دن طاقت کی دوائیں استعمال کرتی رہتی ہوں۔ لیکن یہ حقیقت ہے کہ ایک غم اندر ہی اندر رات دن مجھے کھائے جاتا ہے۔"

"اب تمہیں غم نہیں کرنا چاہیئے ـــــ جب تم ایک فیصلہ کر چکی ہو تو اس پر ثابت قدم رہو ـــــ اور ہر قسم کا رنج و فکر دل سے دور کر دو ـــــ میں نے یہ کبھی نہیں چاہا کہ تم میری وجہ سے اپنی زندگی برباد کرو ـــــ سچ مانو اگر انل کے ساتھ رہ کر تم مسرور زندگی گذارو گی تو مجھے دلی مسرت ہوگی ـــــ میری محبت بالکل بے لوث محبت ہے لتا ـــــ جو معاوضہ طلب نہیں کرتی ـــــ اس میں شک نہیں تمہاری جدائی کا مجھے قلق ہے لیکن وہ تلخی تمہاری مسرتوں کے مقابلے میں کچھ بھی نہیں۔ تمہیں مسرور دیکھ کر مجھے جو خوشی ہوتی ہے اس میں تمام تلخیاں ڈوب جاتی ہیں۔"

"آہ۔ تم کتنے فیاض ہو اشیم ـــــ" لتا نے اشیم کا ہاتھ اپنے ہاتھ میں لے کر گرمجوشی سے دباتے ہوئے کہا۔ "یقین کرو میں تمہیں زندگی کے آخری سانس تک نہیں بھول سکتی۔ خواہ میرا جسم کسی کی بھی ملکیت ہو جائے ـــــ اچھا اب میں چلتی ہوں۔"

یہ کہہ کر وہ اشیم کے جواب دینے کا یا اس کے اُٹھنے کا انتظار کئے بغیر تیزی سے کاؤنٹر کی جانب گئی۔ بل ادا کیا اور ہوٹل سے باہر نکل گئی۔

اشیم حیرت سے اس کی جانب دیکھتا رہ گیا ـــــ وہ سوچنے لگا عجیب لڑکی ہے۔ ابھی اس طرح بے تکلفی سے باتیں کر رہی تھی اور ابھی اس طرح اٹھ کر چلی گئی۔ جیسے وہ ایک دوسرے سے واقف تک نہ ہوں۔

لیکن اشیم اس کی وہ آخری نگاہ نہ بھول سکتا تھا جس میں محبت ـــــ درد ـــــ التجا ـــــ تڑپ اور نہ جانے کیا کیا بھرا ہوا تھا ـــــ اس نے صاف طور پر دیکھا تھا کہ اس کی پلکوں پر ننھے ننھے دو قطرے تڑپ رہے تھے۔

اشیم کا غم پھر لوٹ آیا۔ اور اسے اپنے دل میں ایک کانٹا سا چبھتا ہوا محسوس ہونے لگا۔ بہت دیر تک وہ ہوٹل میں بیٹھا ہوا دیوانوں کی طرح پیالیوں کو گھورتا رہا۔ آخر کچھ دیر کے بعد اٹھا اور بوجھل قدموں سے جنگ کے مکان کی طرف چل پڑا۔

سولہواں باب

"لیکن اگر تمہیں میری بات کا یقین نہیں آتا تو تم خود رات کو آکر دیکھ لو۔"

اشیم نے مسکرا کر کہا۔

جنک نے اس کی جانب سر اٹھا کر دیکھا اور بولا۔

"کئی بار میرے بھی دل میں خواہش تو پیدا ہوئی ہے کہ میں تمہاری ان بھوت لڑکیوں کو اپنی آنکھوں سے دیکھوں۔ لیکن کیا وہ میرے سامنے اسی بے تکلفی سے آجائیں گی؟"

"میرا خیال ہے، ضرور آجائیں گی۔"

"بس تو پھر آج رات کو میں تمہارے ہاں آرہا ہوں۔" جنک نے فیصلہ کن لہجے میں کہا۔ "رات کو دس بجے تم میرا انتظار کرنا۔"

"یہ ٹھیک ہے۔" اشیم نے جواب دیا۔ "اچھا اب میں چلتا ہوں۔ رات کو میں تمہارا انتظار کروں گا۔"

یہ کہہ کر اشیم اٹھ کر کھڑا ہوا۔ اور جنک سے مصافحہ کر کے رخصت ہو گیا۔ وہ اپنی کامیابی پر خوش تھا کہ اس نے بغیر کسی دشواری کے جنک کو بھوت لڑکیوں سے ملاقات پر راضی کرا لیا تھا۔

جنک کے پاس دو گھنٹے گذر گئے۔ اس وقت تین بجے تھے اور چار بجے اسے

نئے ناول کے سلسلے میں اپنے ایک پبلشرز سے ملنا تھا۔اس لئے ایک گھنٹہ گذارنے کے لئے وہ ایک پارک میں جاکر بیٹھ گیا۔

پونے چار بجے وہ باغ سے اُٹھ کر بازار کی سمت روانہ ہوگیا۔جہاں پبلشرز کی دکان تھی۔ وہ اپنی دھن میں مست سر جھکائے بازار میں چلا جارہا تھا کہ دیکایک اسے انل کی جھلک نظر آئی۔ اس نے سر اُٹھا کر دیکھا تو ایک طرف ونٹ پاتھ پر انل ایک اور شخص کے ساتھ کھڑا تھا۔اور وہ شخص خوفناک نگاہوں سے اس کی جانب گھور رہا تھا۔

اشیم نے ان دونوں شخصوں کی موجودگی پر کوئی توجہ نہ دی۔بلکہ معاملہ کو سرسری سمجھ کر آگے بڑھ گیا۔ اس نے سمجھا اتفاقیہ طور پر انل سے اس کی دوبارہ ملاقات ہوگئی ہے اور چونکہ اس کے دل میں رقابت کی آگ بھڑک رہی تھی اس لئے اسے دیکھ کر انل نے اپنے دوست سے کچھ اُسے برا بھلا کہا ہوگا۔

شام تک اشیم پبلشرز کے ہاں رہا۔جب تاریکی چاروں طرف پھیلنے لگی تو وہ اپنے گھر کے لئے روانہ ہوا۔تاکہ جلد از جلد جاکر رمی اور سشمی سے اپنے دوست جنک کی آمد کا ذکر کرسکے۔اور انہیں اس بات پر آمادہ کرسکے کہ وہ جنک کے سامنے بھی بے تکلف دوستوں کی طرح آجائیں۔

راستے میں چلتے چلتے اس نے سوچا کیوں نہ کھانے سے بھی ابھی فراغت حاصل کرلی جائے۔یہ سوچ کر وہ ایک ہوٹل میں گھس گیا۔

آدھے گھنٹے کے بعد جب وہ ہوٹل سے نکلا تو تاریکی پوری طرح چھا چکی تھی۔ اشیم کا مکان چونکہ شہر سے باہر تھا اس لئے وہ تیز تیز قدم اٹھاتا ہوا گھر کی جانب روانہ ہوگیا۔لیکن ابھی وہ شہر سے کچھ دور ہی نکلا تھا کہ دیکایک درختوں کی آڑ سے ایک آدمی نکلا اور دوڑتا ہوا اس کے پاس آکر اسے چمٹ گیا۔اور پھر خود ہی غل مچانا شروع کردیا۔

"دوڑنا — پکڑنا — مجھے لوٹ لیا — ہائے کوئی مدد کرے —
مجھے لوٹ لیا —"

اشیم ابھی اس اچانک حادثہ پر حیران ہی تھا کہ اس آدمی نے اشیم کو زمین پر گرا کر اس کے سینے پر چڑھ بیٹھا۔

دوسرے ہی لمحے اسے دور سے کچھ آدمیوں کے بھاگنے کی آوازیں آئیں — اشیم نے اس آدمی کے پنجے سے چھوٹ جانے کی بہت کوشش کی۔ لیکن وہ اسے اس طرح دبوچے بیٹھا تھا جیسے باز کبوتر کو دبوچ لیتا ہے۔

بھاگتے ہوئے آدمیوں کے قدموں کی آوازیں قریب آتی گئیں۔ اور چند لمحوں بعد ہی کچھ تاریک صورتیں اس کے چاروں طرف جمع ہو گئیں۔

وہ آدمی جو اب تک اس کے سینے پر چڑھا بیٹھا تھا۔ آدمیوں کو قریب آتے دیکھ کر اسے چھوڑ کر اُٹھ کھڑا ہوا۔ اور دوڑ کر ان آدمیوں کے قریب جا کھڑا ہوا۔ اور ہانپتے ہوئے چیخ چیخ کر کہنے لگا۔

"— یہ — یہ بدمعاش مجھے لوٹنا چاہتا تھا — اس نے مجھے پستول دکھایا وہ تو خیر ہو گئی کہ اس کے فائر کرنے سے پہلے میں نے اسے زمین پر گرا دیا۔"

اشیم فوراً اُٹھ کر کھڑا ہو گیا — وہ سخت حیران و پریشان تھا کہ یہ کیا معاملہ ہے — یکایک آنے والوں میں سے ایک شخص نے ٹارچ کی تیز روشنی اشیم پر ڈالی اور بھاری آواز میں بولا۔

"صورت سے تو کافی شریف معلوم ہوتا ہے لیکن کام ... لیکن آہ یہ کیا ...؟"

اجنبی کے منہ میں الفاظ اٹک کر رہ گئے۔ تیزی سے آگے بڑھ کر اس نے فرش زمین پر سے کوئی چیز اٹھالی۔ جو ٹارچ کی روشنی میں چمک رہی تھی۔ لیکن ابھی تک اشیم کی نگاہ اس پر نہ پڑی تھی۔ اس آدمی کے جھکتے ہی اشیم کی نگاہ بھی نیچے گئی اور اس

نے پہلی بار دیکھا کہ ایک آٹومیٹک پستول اس کے قدموں میں پڑا تھا۔

"ہاں یہی وہ پستول تھا!" اس پہلے پر اسرار اجنبی نے بے چینی سے کہا۔ "یہی پستول دکھا کر یہ بدمعاش مجھے لوٹنا چاہتا تھا!"

اب اشیم کی آنکھیں تاریکی میں دیکھنے کے قابل ہو گئی تھیں۔ کیونکہ ٹارچ کی روشنی نے ہلکا سا اجالا پھیلا دیا تھا۔ اس نے آواز سن کر اس شخص کی جانب دیکھا تو اسے خیال آیا کہ اس نے اس شخص کو کہیں دیکھا ہے ... لیکن کہاں ...؟

یکایک اسے یاد آ گیا کہ آج سہ پہر ہی یہ شخص انل کے ساتھ بازار میں اسے ملا تھا— اور خوفناک نگاہوں سے اسے گھور رہا تھا۔

ایک لمحہ کے لئے اشیم کے سارے جسم میں خوف کی تھرتھری دوڑ گئی تھی۔ ایک گہری سازش اس کے خلاف کی گئی تھی۔ انل اس سے اپنی ہتک کا انتقام لینا چاہتا تھا۔ اس آدمی سے ہٹ کر اس کی نگاہ دوسرے آدمیوں کی طرف گئی تو اسے پہلی بار اسے پتہ چلا کہ وہ تینوں شخص پولیس کے سپاہی تھے۔

ایک سیکنڈ کے اندر اندر۔ پوری سازش اس کی سمجھ میں آ گئی لیکن قبل اس کے کہ وہ سپاہیوں سے اپنی صفائی کے بارے میں کچھ کہتا ایک پولیس مین نے آگے بڑھ کر اشیم کے ہاتھوں میں ہتھکڑی پہنا دی اور ڈانٹ کر بولا۔

"میں تمہیں رہزنی کے جرم میں گرفتار کرتا ہوں — چلو تھانے چلو!"

"لیکن میں نے کچھ نہیں کیا...." اشیم نے کہنے کے لئے منہ کھولا ہی تھا کہ اسی سپاہی نے چیخ کر اس کی بات کاٹ دی۔

"بکو مت۔ خاموشی سے ہمارے ساتھ تھانے میں چلو۔ اپنی صفائی میں جو کچھ کہنا ہے عدالت میں جا کر کہنا — بدمعاش کہیں کا—"

اشیم نے اس زیادتی کے احتجاج میں بہت کچھ کہا۔ ان سپاہیوں کی خوشامدیں

کیں قسمیں کھا کر انہیں یقین دلایا کہ یہ پستول میرا نہیں ہے ۔ میں نے اس آدمی کو چھیڑا تک نہیں ۔ بلکہ یہ خود دوڑ کر مجھے لپٹ گیا تھا ۔ لیکن کسی نے اس کی بات پر توجہ نہ دی ۔ بلکہ اسے زبردستی کھینچتے ہوئے تھانے میں لے آئے ۔ وہ تو خیریت گذری کہ رات کا وقت تھا اور تھانہ شہر کے سرے پر ہی واقع تھا ۔ ورنہ سخت بے عزتی کا سامنا ہوتا جب لوگ ہندوستان کے مشہور ناول نگار کو ہتھکڑیاں پہنے سر بازار گذرتے دیکھتے تو کیا ہوتا ـــ وہ کسی کو منہ دکھانے کے قابل بھی نہ رہتا ۔

تھانہ میں پہنچ کر سپاہیوں نے اپنے افسر کو مختصر الفاظ میں سارا واقعہ سنایا اور ثبوت کے طور پر وہ پستول اس کے سامنے رکھ دیا ـــ افسر نے ایک موٹی سی گالی اشیم کو دی اور سپاہیوں کو حکم دیا ۔

"اسے حوالات میں بند کردو ۔ صبح کو اس کا بیان لیا جائے گا ۔"

اشیم نے پھر احتجاجاً کچھ کہنا چاہا ۔ لیکن تھانے دار نے ایک اور موٹی سی گالی اسے دی اور سپاہیوں کو ڈانٹ کر کہا ۔

"لے جاؤ اسے حوالات میں ۔ میرے پاس اس وقت مغز ماری کے لئے وقت نہیں ہے ۔"

سپاہی فوراً اسے کھینچتے ہوئے لے گئے اور حوالات میں ڈال کر باہر سے تالا لگا دیا

یہ سب بالکل اچانک ہوا تھا ۔ اشیم کبھی خواب میں بھی یہ نہ سوچ سکتا تھا کہ انل اپنی دولت کے بل پر اس قدر کمینہ پن کا سلوک کرے گا ۔

حوالات کی تنگ و تاریک کوٹھری میں بیٹھ کر اس نے سارے حالات کا جائزہ لیا ۔ اس نے سوچا وہ آدمی جو دوپہر کو انل کے پاس کھڑا ہوا مجھے گھور رہا تھا ضرور جرائم پیشہ شخص ہے جس کی خدمات کچھ روپیہ دے کر انل نے حاصل کرلی ہوں گی ۔ اسی طرح اس نے عملۂ پولیس کو رشوت دے کر اس بات پر راضی کیا ہوگا کہ کچھ سپاہی موقعہ واردات پر چھپے رہیں اور جوں ہی شور وغل کی آوازیں سنیں ، دوڑ کر مجھے پکڑ لیں ـــ پستول یقیناً اس آدمی کے پاس

ہوگا جو مجھے زمین پر گرا لے کے بعد اس نے جیب سے نکال کر وہیں میرے پاس ڈال دیا تاکہ فوراً پولیس والوں کو ایک پختہ ثبوت مل جائے۔

بس یہ مکمل سازش تھی جو بڑی آسانی سے پایہ تکمیل کو پہنچ گئی۔ اور نتیجہ کے طور پر میں رہزنی کے الزام میں گرفتار کر کے حوالات میں ڈال دیا گیا۔

بہت دیر تک اشیم سوچتا رہا کہ اب کیا کرے لیکن کوئی ترکیب اس کی سمجھ میں نہ آئی۔ کم از کم آج رات بھر کے لئے تو حوالات میں رہنا ہی پڑے گا —— صبح ہونے پر ہی کچھ کیا جا سکتا تھا۔

"صبح ہوتے ہی میں جنک کو بلوالوں گا" اس نے دل ہی دل میں فیصلہ کیا "وہ میری ضمانت دے دے گا۔ اس کے بعد مقدمے میں جو ہوگا دیکھا جائے گا"

لیکن ثبوت اس کے برخلاف اتنا پختہ تھا کہ وہ یہ سوچ کر کانپ اٹھا کہ کیا عدالت اسے بے گناہ تسلیم کر لے گی؟ —— بالفرض ایسا نہ ہوا تو پھر کیا ہوگا —— کیا اُسے —— ایک بے ضرر افسانہ نگار کو جیل کی کال کوٹھڑی میں چکی پیسنی پڑے گی ——

"آہ۔ یہ میری محبت کا انجام ہے" اس نے بڑبڑا کر خود سے کہا اور شدت رنج و غم سے اس کی آنکھوں سے آنسو بہنے لگے۔

سترھواں باب

ٹھیک دس بجے جنک اپنے وعدے کے مطابق اشیم کے مکان پر پہنچ گیا۔ اشیم

چونکہ اب تالا لگانے کی ضرورت محسوس نہ کرتا تھا اس لئے دروازہ کھلا ہوا تھا۔ جنک نے آہستہ سے دروازہ کھولا اور اندر داخل ہوا۔۔۔ سامنے ہی اس کمرے میں جو اشیم کی خوابگاہ تھی روشنی ہو رہی تھی۔ دروازہ ذرا سا کھلا ہوا تھا۔ جس کی راہ سے روشنی کی ایک موٹی سی لکیر باہر فرش پر پڑ رہی تھی۔

جنک ایک لمحہ کے لئے دروازہ پر ٹھٹکا اور پھر بے تکلفی کے ساتھ دروازہ کھول کر اندر داخل ہو گیا۔ لیکن اندر کا منظر دیکھتے ہی اس کے چہرے پر سخت حیرت اور دہشت کے آثار پھیل گئے، اور وہ دروازے ہی میں بت بن کر رہ گیا۔

سامنے ہی میز پر دو نوجوان اور خوبصورت لڑکیاں بیٹھی ہوئی کچھ لکھنے پڑھنے میں مشغول تھیں۔ حقیقت یہ ہے کہ اسے ابھی تک اشیم کی باتوں کا پوری طرح یقین نہ آیا تھا لیکن اب دونوں بھوت لڑکیوں کو اپنی آنکھوں سے دیکھ کر وہ حیران رہ گیا۔

لڑکیاں اپنے کام میں اس قدر منہمک تھیں کہ انہوں نے قدموں کی آواز سن کر جنک کی جانب نظر اٹھا کر بھی نہ دیکھا۔ بلکہ اسی طرح سر جھکائے بولیں۔

"آج بڑی دیر کر کے آئے ہو اشیم صاحب!"

جنک نے ان کی بات کا کوئی جواب نہ دیا۔ تو ان دونوں نے نظر اٹھا کر اس کی جانب دیکھا اور بجائے اشیم کے ایک اجنبی کو دروازہ میں کھڑا دیکھ کر دونوں کے منہ سے حیرت کی ہلکی سی چیخ نکل گئی۔

دونوں لڑکیوں نے آنکھوں ہی آنکھوں میں کچھ معنی خیز اشارے کئے پھر بڑی بھوت رمی بولی۔

"کون ہو تم؟"

"یہی سوال میں تم سے کرنا چاہتا ہوں"۔ جنک نے ذرا حوصلہ سے کام لے کر جواب دیا "تم کون ہو؟"

"ہم ــــ" شمی نے اپنی جانب انگلی سے اشارہ کرتے ہوئے کہا ــــ ایک لمحہ کے لئے دونوں لڑکیوں میں نگاہوں سے پھر کچھ معنی خیز اشارے ہوئے اور شمی بولی۔

"ہم دونوں بہنیں یہاں اشیم صاحب کے ساتھ رہتی ہیں۔"

"کیا تم دونوں وہی بھوت لڑکیاں ہو جن کے بارے میں اشیم مجھ سے کئی بار ذکر کر چکا ہے ــــ؟"

جی ہاں ہم وہی ہیں" لڑکیوں نے مسکرا کر جواب دیا۔ اور دونوں آپس میں کھسر پھسر کرنے لگیں ــــ ایک لمحہ کے بعد بڑی بھوت رمی نے مسکرا کر کہا۔

لیکن تم کون ہو؟"

"میں اشیم کا دوست اور اس مکان کا مالک جنک ہوں۔"

"اوہ ــــ" سمی نے پُراسرار مسکراہٹ سے جواب دیا۔ "تو آپ ہی وہ جنک ہیں جن کے بارے میں اشیم صاحب ذکر کرتے رہتے ہیں؟"

"جی ہاں۔"

"تو آئیے تشریف رکھئے۔"

جنک آگے بڑھ کر مسہری پہ بیٹھ گیا۔

"اشیم کہاں ہے؟" اس نے پوچھا۔

"ہمیں کیا معلوم۔" رمی نے جواب دیا۔ "کیا وہ آپ کے ساتھ نہیں تھے؟"

"نہیں۔" جنک نے جواب دیا۔ "میرے ہاں سے وہ تین بجے رخصت ہو گئے تھے۔"

"تو آنے ہی والے ہوں گے۔ آپ اطمینان سے تشریف رکھیں۔ فرمایئے چائے پئیں گے آپ ــــ؟"

"نہیں ــــ شکریہ!"

"اس میں شکریہ کی کیا بات ہے۔ پیجئے نا۔"

رمی نے جواب دیا اور اٹھ کر کمرے سے باہر نکل گئی۔

دس منٹ بعد ہی وہ لوٹ کر آئی تو اس کے ہاتھ میں چائے کی ٹرے تھی ـــ برتن میز پر سجاتے ہوئے وہ بولی۔

"آپ کو چائے نہ پلاتی تو اشیم صاحب شکایت کرتے؟"

"شکریہ ـــ" جنک نے جواب دیا۔" لیکن آپ صرف ایک ہی کپ کیوں لائی ہیں کیا آپ دونوں چائے نہیں پیئں گی؟"

"نہیں۔" رمی نے جواب دیا۔" ہمیں ان چیزوں کی قطعاً خواہش نہیں ہوتی۔"

جنک نے چائے کپ میں بنا کر ایک گھونٹ پیتے ہوئے کہا۔

"کیا یہ حقیقت ہے کہ آپ دونوں بہنیں روحیں ہیں؟"

رمی مسکرائی اور اس نے شمی کی جانب معنی خیز نگاہوں سے دیکھا۔ دونوں نے کچھ اشارے کئے پھر آخر رمی بولی۔

"دیکھئے، وہ آپ کی پشت پر کیا ہے۔"

جنک نے چونک کر پیچھے دیکھا لیکن وہاں کچھ بھی نہیں تھا۔ دوسرے ہی لمحہ اس نے پلٹ کر دیکھا تو کمرہ خالی تھا ـــ دونوں لڑکیاں غائب ہو چکی تھیں۔

"ٹھیک ہے۔" جنک نے ذرا بلند آواز میں کہا۔" اب مجھے یقین آگیا کہ آپ دونوں روحیں ہیں۔"

فوراً باہر سے قہقہوں کی آواز آئی۔ دروازہ کھلا لیکن کوئی اندر داخل نہ ہوا ـــ یکایک کسی نے اس کی بغل میں انگلی چبھو دی۔ اس نے چونک کر پیچھے دیکھا تو دونوں لڑکیاں کھڑی ہوئی ہنس رہی تھیں۔

"تمہیں ڈر نہیں لگا؟" رمی نے پوچھا

"ڈر کس بات کا؟" جنک نے مسکرا کر کہا۔

"بھوتوں کا — جبکہ تم جانتے ہو کہ اس مکان میں پہلے تین آدمی مر چکے ہیں؟"
"اگر اشیم مجھے تمہارے سارے حالات نہ بتا دیتا تو ضرور ڈر لگتا" جنک نے جواب دیا۔
"لیکن اس صورت میں جبکہ تم دونوں اشیم کی دوست ہو۔ مجھے کیا خطرہ ہو سکتا ہے"۔
"دوست تو ہم تمہاری بھی ہو سکتی ہیں" رمی نے اس کے چہرے پر نظر جماتے ہوئے کہا
"مجھے بڑی خوشی ہوگی" جنک نے جواب دیا۔
"تو آؤ ہاتھ ملاؤ —" رمی نے اپنا ہاتھ آگے بڑھا دیا۔ جنک نے اس کا ملائم ہاتھ اپنے ہاتھ میں لے لیا۔ لیکن رمی کا ہاتھ ہاتھ میں آتے ہی اس کے سارے جسم میں سردی کی سی لہر دوڑ گئی کیونکہ وہ برف کی طرح سرد اور بے جان تھا۔
جنک نے محسوس کیا کہ شمی اس کی ذات میں بہت کم دلچسپی لے رہی ہے وہ پڑھنے لکھنے میں مشغول ہے اور کبھی کبھی اس کی جانب سر اٹھا کر دیکھ لیتی ہے۔ لیکن رمی مسلسل اس سے باتیں کئے جا رہی تھی۔ اسے گھورے جا رہی تھی — اس نے سرسری نظر سے دونوں لڑکیوں کا جائزہ لیا۔ اس میں شک نہیں معیار حسن پر دونوں لڑکیاں پوری اترتی تھیں پھر بھی نہ جانے کیوں اسے رمی زیادہ پسند آئی۔ شاید اس لئے کہ وہ اس کی ذات میں ضرورت سے زیادہ دلچسپی لے رہی تھی۔
انتظار کرتے کرتے بارہ بج گئے۔ لیکن اشیم نہ آیا۔ اب تو شمی کو بھی تشویش ہوئی۔ جنک ابھی تک رمی کے ساتھ باتوں میں مشغول تھا اور شمی الگ بیٹھی ہوئی پڑھ رہی تھی۔ بارہ کا گھنٹہ بجا تو شمی نے کہا۔
"آج آپ کے دوست کو کیا ہو گیا ہے؟"
"میں خود حیران ہوں" جنک نے پریشانی کے لہجہ میں کہا "اس نے مجھ سے وعدہ کیا تھا کہ وہ دس بجے مجھے یہاں مل جائے گا۔ لیکن اب بارہ بج رہے ہیں کہیں اسے کوئی حادثہ تو پیش نہیں آگیا —"

"یہ پہلا اتفاق ہے کہ انہیں اس قدر دیر ہوئی ہے" رمی نے جواب دیا۔

"اچھا ——" جنک نے اُٹھتے ہوئے کہا" میں چلتا ہوں —— ذرا شیم کو دو ایک جگہ تلاش کروں گا"

"وعدہ کرو کہ کل بھی آؤگے" رمی نے ہنس کر کہا۔

"وعدہ کرنے کی ضرورت نہیں" جنک نے جواب دیا۔ "اب تو میں بغیر وعدہ کے ہی دوڑ دوڑ کر آؤں گا"

رمی قہقہہ مار کر ہنس پڑی۔ اور جنک دونوں کو سلام کر کے باہر نکل گیا۔

لیکن ابھی وہ مکان کا صدر دروازہ' باہر جانے کے لئے' کھول ہی رہا تھا کہ کسی نے پیچھے سے اس کا دامن پکڑ کر کھینچ لیا۔

وہ چونک کر پلٹ پڑا۔ دیکھا تو رمی تھی —— جنک کو اپنی جانب مڑتے دیکھ کر رمی اس انداز سے شرمائی کہ جنک کی رگ رگ میں نشہ سا دوڑ گیا۔

"کہئے —— کیا حکم ہے ——؟" اس نے کہا۔

"کیا واقعی جارہے ہو ——" رمی نے پیاسی آنکھوں سے دیکھتے ہوئے جواب دیا اور اس کے بالکل قریب آکھڑی ہوئی۔

جنک نے محسوس کیا کہ اس کا گداز سینہ جذبات کے تلاطم سے طوفان میں آئی ہوئی کشتی کی مانند ڈول رہا تھا۔ وہ بے قابو ہوگیا اور اس نے فوراً رمی کو کھینچ کر فوراً اپنے سینے سے چمٹا لیا —— اور اس کے ہونٹوں پر اپنے ہونٹ رکھ دیئے۔

لیکن اس کا جسم برف کی طرح ٹھنڈا تھا۔ جنک کو ایک عجیب طرح کے خوف کا احساس ہوا۔ پھر بھی چونکہ خوف کے مقابلہ میں لذت کا احساس زیادہ تھا اس لئے اس نے ایک طویل بوسہ دیا۔ اور پھر رمی کو چھوڑ کر الوداع کہتا ہوا رخصت ہوگیا۔

اٹھارواں باب

بار بار کروٹیں بدلنے کے باوجود شیم کو نیند نہ آئی ـــــ حالات کی کوٹھڑی اس قدر تنگ اور حابس تھی کہ اسے اپنا سانس گھٹتا ہوا محسوس ہو رہا تھا ـــ بار بار اس کا خیال لتا اور رشمی کی جانب جاتا تھا ـــ لتا جو اس کی خوشیوں کی مرکز تھی لیکن جس نے اسے زندگی کی سب سے بڑی تلخی عطا کی تھی۔ اور رشمی جو اس غم میں اس کا دل بٹاتی جو اسے لتا کے بعد سب سے پیاری لگتی تھی۔

یکایک اسے خیال آیا کہ آج جنک کو بھی رات کو اس کے گھر آنا تھا۔ یہ سوچ کر اسے سخت رنج ہوا کہ جنک ناکام لوٹ جائے گا۔ اس کی وہ تجویز بھی رکھی رہ گئی جو اس نے رمی اور جنک کو ملانے کے بارے میں سوچی تھی۔

یکایک گھڑی نے بارہ کا گھنٹہ بجایا ـــــ

"بارہ بج گئے ـــ" اس نے بڑبڑا کر خود سے کہا۔ اور سونے کے لئے بےچینی سے کروٹیں بدلنے لگا۔

کوئی پانچ منٹ بھی نہ گزرے ہوں گے کہ اسے کوٹھڑی میں کسی کے قدموں کی چاپ سنائی دی۔ وہ چونک کر اٹھ بیٹھا اور تاریکی میں نظریں پھاڑ پھاڑ کر دیکھنے لگا۔ لیکن اسے کچھ بھی نظر نہ آیا ـــــ

"کون ہے؟" اس نے خوفزدہ آواز میں چیخ کر پوچھا۔

ایک ملائم لیکن سرد ہاتھ اسے اپنے شانے پر محسوس ہوا۔ اور ایک جانی پہچانی ہوئی آواز آئی ـــــ

"اشیم ـــــ"

"کون ؟ ـــــ شمی ـــــ !"

"ہاں۔ میں ہی ہوں۔" شمی نے جواب دیا۔ "میں بڑی مشکل سے تمہیں تلاش کرتی ہوئی آئی ہوں ـــــ مجھے افسوس ہے کہ ان بدمعاشوں نے سازش کر کے تمہیں گرفتار کرادیا ہے۔ لیکن تم گھبرانا نہیں۔ مجھ سے جو کچھ ہو سکے گا میں تمہاری مدد کرونگی۔"

"کیا واقعی تم میری کچھ مدد کر سکتی ہو ـــــ" اشیم نے جوش میں اس کا ہاتھ اپنے ہاتھ میں لے کر کہا۔

"مدد تو بہت کچھ کر سکتی ہوں۔" شمی نے جواب دیا۔ "چاہوں تو تمہیں ابھی یہاں سے نکال کر لے جاؤں ـــــ لیکن ایک مصیبت ہے۔"

"وہ کیا ـــــ ؟"

"ہماری دنیا کا ایک قانون یہ بھی ہے کہ کوئی بھوت یا روح مادی دنیا کے قوانین میں رخنہ اندازی نہیں کر سکتی۔ جو ایسا کرتا ہے وہ سزا کا مستوجب ہوتا ہے ـــــ اس کے علاوہ اگر میں تمہیں یہاں سے نکال کر بھی لے جاؤں تو تمہیں چھٹکارا نہیں مل سکتا پولیس تمہیں پھر گرفتار کرلے گی۔ اور اس مرتبہ حوالات سے فرار ہونے کا ایک جرم تم پر اور ڈال دیا جائے گا۔"

"ہاں یہ تو ٹھیک ہے۔" اشیم نے مایوسی سے جواب دیا۔

"لیکن تمہیں مایوس ہونے کی ضرورت نہیں۔" شمی نے اس کی پیٹھ پر تھپکی دیتے ہوئے کہا۔ "میں کوئی اور صورت سوچوں گی۔"

"بہت بہت شکریہ شمی ـــــ میں تمہاری اس محبت اور عنایت کو بھول نہیں سکتا۔"

"خیر یہ رسمی باتیں ہیں،" شمی نے جواب دیا۔ "یہ بتاؤ۔ تم نے کچھ کھایا بھی ہے — میں تمہارے لئے کچھ پھل لیتی آئی ہوں۔ لو یہ کھالو۔"

"نہیں میں کھانا کھا چکا ہوں۔" اشیم نے جواب دیا۔

"پھر بھی ان کے کھانے میں کیا حرج ہے۔" شمی نے اصرار کرکے پھل اس کی گود میں رکھ دیئے اور بولی۔ "تم اتنے یہ پھل کھاؤ۔ میں دوڑ کر تمہارا بستر لے آتی ہوں۔"

"نہیں نہیں شمی۔ اس قدر تکلیف اٹھانے کی ضرورت نہیں۔" اشیم نے جلدی سے کہا

"مجھے کوئی تکلیف نہیں ہوتی۔" شمی نے ہنس کر کہا اور تاریک کونے میں اس کی نظروں سے غائب ہوگئی۔

پانچ منٹ بعد ہی پھر کمرے میں قدموں کی چاپ سنائی دی۔ اور سفید لباس میں شمی اسے اپنے سامنے آتی ہوئی نظر آئی —— اس کے ہاتھوں پر اشیم کا بستر تھا۔ شمی نے فوراً بستر بچھا دیا۔

"میں تمہارے یہ احسانات کبھی نہیں بھولوں گا شمی۔" اشیم نے ممنونیت کے لہجے میں کہا۔

"اوہ ——" شمی نے ہنس کر کہا۔ "احسان کا ذکر بار بار مت کرو —— کیا ایک دوست کا اتنا بھی فرض نہیں ہے کہ وہ ایک مبتلائے مصیبت دوست کی مدد کرے۔"

"لیکن شمی ——" یکایک اشیم نے کہا۔ "صبح کو وہ لوگ بستر یہاں پائیں گے۔ تو کیا سوچیں گے۔"

"تم اس کی فکر مت کرو۔ صبح پانچ بجے میں تمہیں جگا کر بستر واپس لے جاؤں گی اس طرح تم چار پانچ گھنٹے تو آرام کر لوگے۔"

"بہت اچھا۔ تکلیف کا بہت بہت شکریہ۔ ارمی کو میری طرف سے سمجھا دینا کہ وہ غم نہ کرے۔ میں بہت جلد آؤں گا۔"

"ارمی کا اب فکر مت کرو۔" شمی نے ہنس کر کہا۔ "اب اسے مجھ سے حسد کرنے کی

ضرورت باقی نہیں رہی۔"

"کیوں — کیا مطلب؟" اشیم نے حیرت سے پوچھا۔

"رات کو دس بجے تمہارے دوست جنک آئے تھے — اور میرا خیال ہے کہ رشمی نے اپنی دلچسپیاں جنک کی ذات پر مرکوز کردی ہیں۔"

"کیا واقعی —؟" اشیم نے مسرت سے کہا۔ "اگر ایسا ہے تو واقعی مسرور کن خبر ہے۔ کم از کم اب اس بے چاری کو یہ شکوہ نہیں رہے گا کہ اس سے کوئی محبت کرنے والا نہیں ہے۔"

"ہاں — اور میں بھی اس کی رقابت سے بچ جاؤں گی۔"

"سچ! — مجھے یہ جان کر بڑی خوشی ہوئی۔" اشیم نے جواب دیا۔ "لیکن شمی جب میں یہ سوچتا ہوں کہ اس تعلقات کے بڑھانے سے کیا فائدہ ہے تو میرا دل ڈوب جاتا ہے۔"

"یہ بعد کی بات ہے۔" شمی نے کہا۔ "اس وقت ان باتوں کو سوچ کر دل پریشان کرنے کی کیا ضرورت ہے — بہتر یہ ہے کہ اب تم کچھ دیر کے لئے سو جاؤ۔ پانچ بجے آکر میں بستر سے جاؤں گی۔ گھبرانے کی بالکل ضرورت نہیں۔ مجھ سے حتی الامکان جو کچھ ہوگا اس میں کسر نہیں رکھوں گی —"

اشیم نے شکریہ کے بطور شمی کو سینے سے چمٹا کر اسے پیار کیا اور چند منٹ بعد شمی رخصت ہوگئی —

انیسواں باب

ڈسٹرکٹ مجسٹریٹ مسٹر راؤ عدالت جانے کے لئے کار میں بیٹھ کر کوٹھی کے احاطے

سے باہر نکلے تو انہوں نے دیکھا کہ ایک نوجوان خوبصورت لڑکی سڑک کے درمیان کھڑی ہوئی زور زور سے ہاتھ ہلا کر انہیں کار روکنے کے لئے اشارہ کر رہی ہے۔ صاحب مجسٹریٹ نے کار روک لی اور کسی قدر غصہ سے پوچھا۔

"کیا بات ہے؟"

"میں ایک ملزم کے بارے میں کچھ صحیح حالات پیش کرنا چاہتی ہوں۔"

"تو عدالت میں پیش کرو۔"

"نہیں۔ میں عدالت میں نہیں آسکتی۔" لڑکی نے بے چینی سے جواب دیا۔ "میں نے تمام حالات ایک کاغذ پر لکھ دیئے ہیں۔ آپ انہیں مقدمہ شروع ہونے سے پیشتر ایکبار پڑھ لیں۔ آپ چونکہ انصاف کے نمائندہ ہیں اس لئے میں نے ضروری سمجھا کہ وہ تمام حالات آپ کو معلوم ہونے چاہئیں تاکہ آپ ایک بے گناہ کو سزا دینے کے گناہ سے بچ جائیں۔"

یہ کہہ کر لڑکی نے ایک تہ کیا ہوا کاغذ صاحب مجسٹریٹ کی جانب بڑھا دیا۔

صاحب مجسٹریٹ نے حیرت سے کاغذ اپنے ہاتھ میں لے لیا اور پوچھا۔

"کیا اس ملزم کا مقدمہ میری عدالت میں چل رہا ہے؟"

"ابھی نہیں" لڑکی نے جواب دیا۔ "شاید آج پیش ہوگا۔"

یہ کہہ کر وہ جواب کا انتظار کئے بغیر تیزی سے ایک سمت کو روانہ ہوگئی اور قریب ہی ایک گلی میں گھس کر غائب ہوگئی۔

مجسٹریٹ مسٹر راؤ کو یہ بات بڑی عجیب سی لگی۔ وہیں رک کر انہوں نے وہ پرچہ کھول کر پڑھا۔ اس میں لکھا تھا۔

"ملزم اشیم کمار پر جو الزام لگایا گیا ہے وہ بالکل غلط ہے۔ یہ اس کے خلاف ناپاک سازش کی گئی ہے جس کی تہ میں شہر کے مشہور رئیس

انل کمار کا ہاتھ ہے۔ ملزم اشیم کمار ایک نیک انسان ہے۔ وہ ملک کا مشہور ادیب ہے۔ انل کمار نے ایک خاص وجہ سے اس کے خلاف یہ سازش کی ہے جس کا ثبوت یہ ہے کہ وہ شخص جو اس مقدمہ میں عینی ہے شہر کا مانا ہوا بدمعاش ہے۔ بہتر ہے کہ صاحب مجسٹریٹ کوئی فیصلہ کرنے سے پہلے پوری طرح تحقیق فرمالیں۔

شمی

خط پڑھ کر مسٹر راؤ نے جیب میں رکھ لیا۔ اور کار اسٹارٹ کرکے عدالت کو روانہ ہو گئے۔ گیارہ بجے کے قریب انسپکٹر پولیس نے ملزم اشیم کمار کو عدالت میں پیش کیا اور اس پر رہزنی کا الزام لگایا —— اشیم کمار کا نام سن کر مسٹر راؤ کے ذہن میں صبح کا واقعہ گھوم گیا۔ انہوں نے اجنبی لڑکی کا دیا ہوا پرچہ نکالنے کے لئے جیب میں ہاتھ ڈالا۔ لیکن یہ دیکھ کر ان کی حیرت کی انتہا نہ رہی کہ جیب خالی تھا۔ انہوں نے جلدی جلدی اپنی تمام جیبیں دیکھ ڈالیں مگر پرچہ واقعی غائب ہو چکا تھا۔

بمشکل انہوں نے اپنے جذبۂ حیرت کو دبا کر اشیم سے پوچھا۔

"کیا تم شمی نام کی کسی لڑکی کو جانتے ہو؟"

اب اشیم کے حیران ہونے کی باری تھی۔ مگر اس نے اپنی حیرت کا اظہار اپنے چہرے سے نہ ہونے دیا۔

"جی نہیں —— میں اس نام کی کسی لڑکی کو نہیں جانتا۔" اس نے جواب دیا۔

اشیم کے منہ سے یہ جواب سن کر مسٹر راؤ کو اور بھی زیادہ تعجب ہوا —— بھلا یہ کیسے ممکن ہو سکتا تھا کہ ایک لڑکی جو ملزم کو بے گناہ ثابت کرنے کے لئے اس قدر پریشانی اٹھائے اسے ملزم بالکل نہ جانتا ہو۔

"تم جھوٹ بولتے ہو۔" مجسٹریٹ مسٹر راؤ نے غصے میں بھر کر کہا —— "صبح ایک

لڑکی نے مجھے تمہاری بے گناہی کے بارے میں ایک خط لکھ کر دیا تھا۔ یہ کیسے ممکن ہے کہ تم اس لڑکی کو نہ جانتے ہو۔"

"بہر حال۔" اشیم نے شانوں کو حرکت دیتے ہوئے کہا۔" جو حقیقت تھی۔ میں نے عرض کر دی۔"

صاحب مجسٹریٹ خاموش ہو کر مقدمہ کی ابتدائی کارروائیوں میں مصروف ہو گئے۔——

مدعی اور انسپکٹر پولیس کے بیانات سننے کے بعد انہوں نے اشیم کا بیان لیا اور اگلے دن کی مقدمہ کی تاریخ مقرر کر دی۔

عین اسی وقت جنک کمرۂ عدالت میں داخل ہوا۔ اور اس نے اشیم کی ضمانت کے لیئے درخواست دی۔

صاحب مجسٹریٹ نے اس مقدمہ کو خاص اہمیت دی تھی۔ وہ سمجھتے تھے کہ ملزم اشیم دھوکہ باز اور جھوٹا ہے۔ اس لیئے انہوں نے غصہ میں بھر کر ضمانت کی درخواست نامنظور کر دی۔

"نہیں نہیں" صاحب مجسٹریٹ نے ضمانت کی درخواست ایک طرف پھینکتے ہوئے کہا۔" ملزم کا جرم ثابت کرنے کیلئے ہر طرح کے پختہ ثبوت موجود ہیں۔ اس لئے ضمانت نہیں ....."

لیکن الفاظ ابھی ان کے منہ میں ہی تھے کہ یکایک جنک اور دوسرے حاضرین عدالت نے دیکھا کہ آن واحد میں مجسٹریٹ صاحب کا چہرا پیلا پڑ گیا اور ان کا سانس اس طرح رُک رُک کر آنے لگا جیسے کوئی ان کا گلا دبا رہا ہو۔

چند لمحوں کے بعد وہ پھر اپنی اصلی حالت پر آ گئے اور انہوں نے جلدی سے اپنے گلے پر ہاتھ پھیرتے ہوئے کہا۔

"میں ملزم کو ضمانت پر رہا کرنے کی اجازت دیتا ہوں۔"

سب لوگ اس فوری تبدیلی پر حیران رہ گئے۔ لیکن اشیم فوراً سمجھ گیا کہ شمی اپنے وعدے کے مطابق پوری طرح اس کی امداد کر رہی ہے۔

رات کو اشیم اور جنک اپنے مکان پر واپس پہنچے تو وہاں صرف رمی تھی۔

"شمی کہاں گئی؟" اشیم نے بے تابی سے پوچھا۔

"وہ ایک ضروری کام سے گئی ہے۔" رمی نے جواب دیا۔

"کب تک واپس آئے گی؟"

"شاید آج رات واپس نہ آسکے۔"

اشیم خاموش ہو گیا ——— اس نے محسوس کیا کہ رمی جنک میں واقعی بہت کافی دلچسپی لے رہی ہے اور جنک بھی اس کی جانب مائل ہے۔

بارہ بجے کے قریب جنک رخصت ہونے لگا تو اشیم اسے دور تک چھوڑنے کیلئے گیا۔ راستے میں اس نے جنک سے کہا۔

"جنجو ہوشیار رہنا ہو۔"

"کیا مطلب؟" جنک نے مصنوعی حیرت کا اظہار کرتے ہوئے کہا۔

"میرا مطلب تم اچھی طرح سمجھتے ہو۔" اشیم نے جواب دیا۔ "رمی تمہاری طرف بری طرح مائل ہے۔ اور میں دیکھتا ہوں کہ تم پر بھی اس کے حسن کا کچھ کم اثر نہیں ہے۔"

جنک چند لمحوں تک سوچتا رہا۔ اور پھر ایک لمبا سانس کھینچ کر اس نے تسلیم کیا۔

"تمہارا خیال ٹھیک ہے اشیم ——— واقعی رمی مجھے بہت اچھی معلوم ہوتی ہے لیکن تم خود سمجھ سکتے ہو کہ یہ سب کچھ بیکار ہے ——— وہ دونوں لڑکیاں روحیں ہیں۔ جن سے محبت کرنا حماقت کے سوا کچھ نہیں ——— کاش وہ مادی جسم والی لڑکیاں ہوتیں۔"

"یہ تو ٹھیک ہے۔" اشیم نے فکرمند لہجے میں کہا۔

"کاش کوئی ترکیب ایسی ہوتی کہ یہ دونوں روحیں کسی جسم میں داخل ہو سکتیں۔" جنک نے کہا۔ "اس صورت میں شمی تمہارے لئے لتا کی کمی پوری کر سکتی تھی۔ کیونکہ میں دیکھتا ہوں کہ وہ بھی کافی خوبصورت لڑکی ہے اور تم سے بہت محبت کرتی ہے۔"

"ہاں ——" اشیم نے کہا۔ "تمہارا خیال درست ہے۔ واقعی شمی مجھ سے محبت کرتی ہے اور وہ لتا کی تلافی بھی کر سکتی ہے۔ لیکن سوال یہ ہے کہ ہم انہیں مادی جسم میں کیسے تبدیل کر سکتے ہیں۔ ان دونوں لڑکیوں کو مرے ہوئے پچاس سال گذر چکے ہیں۔ ان کے جسم کبھی کے خاک میں مل چکے ہوں گے۔"

"ایک ترکیب میری سمجھ میں آئی ہے۔" جنک نے چند لمحے سوچنے کے بعد کہا۔

"وہ کیا ——؟"

"یہاں سے چالیس میل دور قصبہ جلال آباد میں ایک مشہور پنڈت رہتا ہے۔ اس کے بارے میں مشہور ہے کہ وہ روحوں کو بلانے میں اور ان سے بات چیت کرنے میں ماہر ہے —— اگر تم کہو تو میں اس کے پاس چلا جاؤں اور اس بارے میں کوئی مشورہ طلب کروں۔ شاید وہ کوئی کام کی بات بتا سکے۔"

"امید تو نہیں —— کہ وہ کوئی کام کی بات بتا سکے گا۔" اشیم نے جواب دیا "لیکن پھر بھی دل کے اطمینان کی خاطر تم وہاں چلے جاؤ تو کوئی حرج نہیں ہے۔"

"بس تو پھر ——" جنک نے اطمینان کا ایک لمبا سانس لیتے ہوئے کہا۔ "میں تمہارے مقدمہ کا فیصلہ ہونے کے بعد چلا جاؤں گا۔ لیکن ہاں مجھے یاد آیا مقدمہ کے بارے میں، ابھی تک نہیں سمجھا کہ تمہارے خلاف اس سازش میں کس کا ہاتھ ہے۔"

"میرے رقیب انل کمار کا ——" اشیم نے ہنس کر جواب دیا۔ اور اسے گذشتہ روز کا پورا واقعہ سنایا۔

تمام حالات سننے کے بعد جنک نے کہا۔

"اس میں شک نہیں کہ سازش ہر طرح سے مکمل ہے اور تمہارے خلاف وہ تمام ثبوت موجود ہیں جنہیں ایک عدالت فوراً تسلیم کر سکتی ہے۔ میں حیران ہوں کہ آخر کس طرح تمہاری بے گناہی ثابت کی جائے؟"

"تم اس کی فکر مت کرو۔" اشیم نے ہنستے ہوئے کہا۔ "شمی میری بے گناہی خود ثابت کر دے گی۔ اس نے مجھے رہا کرانے کا وعدہ کر لیا ہے۔"

"کیا تمہیں یقین ہے کہ وہ اپنے مقصد میں کامیاب ہو جائے گی ـــ میرا مطلب ہے کہ ایک روح انسان کے کاموں میں اس قدر دخل دے سکتی ہے؟"

"ہاں مجھے یقین ہے۔" اشیم نے جواب دیا۔ "تم نے دیکھا نہیں کہ مجھے ضمانت پر رہا کرنے سے مجسٹریٹ نے صاف انکار کر دیا تھا۔ یہ صرف شمی ہی کی کوشش کا نتیجہ تھا کہ اسے اپنا ارادہ بدلنا پڑا۔"

"تو کیا تمہارا مطلب ہے کہ" جنک نے حیرت سے آنکھیں پھاڑتے ہوئے کہا۔ "صاحب مجسٹریٹ کی حالت جو خراب ہوئی تھی وہ بھی ...."

"ہاں ـــ" اشیم نے جنک کی بات کاٹتے ہوئے کہا۔ "اگرچہ مجھے امید نہیں تھی کہ شمی میری خاطر اس حد تک زیادتی پر اتر آئے گی۔ لیکن یہ مجھے یقین ہے کہ مجسٹریٹ کی یکایک حالت خراب ہونے میں شمی کا ضرور ہاتھ تھا۔ اس کے علاوہ کوئی اور معقول وجہ سمجھ میں نہیں آتی۔"

"ٹھیک ہے۔" جنک نے اثبات میں سر ہلاتے ہوئے کہا۔ "میں سمجھ گیا ـــ اب واقعی مجھے اطمینان ہو گیا ہے کہ شمی ضرور تمہاری رہائی کی ترکیب کر لے گی۔"

اس کے بعد جنک رخصت ہو گیا اور اشیم واپس آ کر اطمینان سے سو گیا۔

بیسواں باب

دوسرے روز عدالت میں پھر مقدمہ پیش ہوا۔ لیکن مقدمہ شروع ہونے سے پیشتر مجسٹریٹ مسٹر راؤ نے کہا۔

"میں ملزم اشیم کمار سے تنہائی میں کچھ سوالات پوچھنا چاہتا ہوں اس لئے اسے برابر والے کمرے میں پہنچا دیا جائے۔"

چپراسی نے اشیم کو دوسرے کمرے میں پہنچا دیا۔ مجسٹریٹ بھی ایک منٹ بعد اسی کمرے میں آ گیا۔ اور دروازہ بند کرتے ہوئے بولا۔

"مسٹر اشیم۔ میں اپنا پہلا سوال پھر دُہرانے پر مجبور ہوں۔ کیا آپ شمی نام کی کسی لڑکی کو جانتے ہیں؟"

"بالکل نہیں۔" اشیم نے جواب دیا۔

"حیرت ہے۔" مجسٹریٹ صاحب نے پریشانی کے انداز میں پیشانی پر ہاتھ پھیرتے ہوئے کہا۔ "میں نے کل تمہیں بتایا تھا کہ ایک لڑکی نے راستے میں مجھے ایک خط دیا تھا جس میں تمہاری بے گناہی کے بارے میں تحریر کیا تھا۔ وہ خط دینے کے بعد لڑکی فوراً ہی چلی گئی۔ لیکن جب میں نے عدالت میں آکر اس خط کو جیب میں تلاش کیا تو وہ خط غائب تھا۔ حالانکہ مجھے اچھی طرح یقین ہے کہ میں نے وہ خط اپنی جیب میں رکھا تھا۔ اس کے بعد جب تمہاری ضمانت کا سوال آیا اور میں نے انکار کیا تو یکایک مجھے ایسا محسوس ہوا جیسے دو نازک ہاتھ اپنی پوری قوت سے میرا گلا گھونٹ رہے ہوں —— شاید

تم نے بھی میرے چہرے کے بدلتے ہوئے رنگ کو دیکھا ہوگا۔"

"جی ہاں —" اشیم نے جواب دیا۔ "اور میں حیران تھا کہ اچانک آپ کو کیا ہو گیا ہے —"

"بس تو ٹھیک ہے۔" صاحب مجسٹریٹ نے بے تابی سے کہا۔ "تم یقین کرو۔ میری صحت ہر طرح بالکل ٹھیک ہے مجھے کوئی ایسا مرض نہیں جس کا دورہ اچانک پڑتا ہو۔ میں قسم کھا کر کہہ سکتا ہوں کہ میں نے دونوں انی ہاتھوں کی گرفت ... اپنے گلے پہ محسوس کی تھی۔ اسی وجہ سے گھبرا کر میں نے تمہاری ضمانت کا حکم جاری کر دیا تھا۔ لیکن اس معاملہ کا سب سے عجیب پہلو یہ ہے کہ رات کو سوتے ہوئے میں نے پھر اسی لڑکی کو خواب میں دیکھا تھا۔ میں یقین سے نہیں کہہ سکتا کہ اس وقت میں پوری طرح سو گیا تھا یا نیم بیداری کی حالت میں تھا۔ بہر حال میں نے دیکھا وہی لڑکی جس نے مجھے وہ خط دیا تھا کھڑی ہوئی مجھ سے کہہ رہی تھی کہ تم بالکل بے گناہ ہو۔ اس لیے کل ہی میں تمہیں باعزت بری کر دوں۔ اور سازش کرنے والے شخص انل کمار کے خلاف قانونی کارروائی کروں۔ اگر ایسا نہ ہوا۔ تو میرے حق میں بُرا ہوگا — میں نے اس سے پوچھا کہ اگر میں نے ایسا نہ کیا تو کیا ہوگا؟ — تو اس پُر اسرار لڑکی نے ہنس کر جواب دیا کہ اس کا ذرا سا نمونہ آپ عدالت میں دیکھ چکے ہیں — مسٹر اشیم اس بات سے صاف ظاہر ہے کہ اس نے عدالت کے اسی واقعہ کی جانب اشارہ کیا تھا۔ جب کسی نادیدہ ہاتھ نے میرا گلا گھونٹا تھا۔"

"واقعی یہ تو بڑے حیرت خیز اور پُر اسرار واقعات ہیں۔" اشیم نے حیرت سے کہا —

"جی ہاں —" صاحب مجسٹریٹ نے بے تابی سے کہا۔ "اور یہ تمام حالات سُنانے کے بعد جو سوال میں تم سے پوچھنا چاہتا ہوں وہ یہ ہے کہ کیا تم بھوت پریت، یا

روحوں کے قائل ہو؟"

"بالکل نہیں۔" اشیم نے جواب دیا۔ "میں روحوں یا بھوت پریت کا بالکل قائل نہیں اور میں سمجھتا ہوں کہ اس سائنٹیفک دور میں کوئی بھی سمجھدار آدمی روحوں کا قائل نہیں ہو سکتا۔ بھوت پریت اور روحیں صرف انسان کے واہموں کا نتیجہ ہوتی ہیں۔"

"پہلے میرا بھی یہی خیال تھا۔" صاحب مجسٹریٹ نے پریشانی کے انداز میں کہا "لیکن پیش آمدہ حالات کی موجودگی میں سمجھ میں نہیں آتا کہ میں کس بات پر یقین کروں بہر حال اب میں تم سے یہ اور پوچھنا چاہتا ہوں کہ کیا واقعی انل کمار سے تمہاری کوئی دشمنی ہے؟"

"میری جانب سے کوئی دشمنی نہیں ہے۔" اشیم نے جواب دیا۔ "البتہ ایک خاص واقعہ کی وجہ سے وہ خود ہی میرے دشمن ہو گئے ہیں۔"

"اگر اعتراض نہ سمجھو تو مجھے وہ خاص واقعہ سنا دو۔" مسٹر لاڈ نے کہا۔

"یقیناً مجھے کوئی اعتراض نہیں۔" اشیم نے ہنس کر کہا۔ اور مختصر الفاظ میں لتا کی محبت کا ذکر کر کے سارا واقعہ انہیں سنا دیا۔

"ٹھیک ہے۔" صاحب مجسٹریٹ نے ساری داستان سننے کے بعد کہا۔ "اب میں سمجھ گیا کہ واقعی آپ کے خلاف شرمناک سازش کی گئی ہے۔ خیر آیئے۔ اب ہم عدالت میں چل کر اس معاملہ کو ضابطہ کی کارروائی میں شروع کرتے ہیں۔"

یہ کہہ کر وہ اٹھ کھڑے ہوئے۔ اور تیز تیز قدم اٹھاتے ہوئے کمرے سے باہر نکل گئے۔ اشیم بھی ان کے پیچھے پیچھے ہی کمرے سے باہر نکل گیا۔ اور ملزموں کے کٹہرے میں جا کر کھڑا ہو گیا۔

صاحب مجسٹریٹ نے کرسیٔ عدالت پر بیٹھتے ہی حکم دیا۔

"مدعی کو پیش کیا جائے۔"

انسپکٹر پولیس نے فوراً اس شخص کو پیش کر دیا جس نے اشیم کے خلاف یہ ساری کارروائی کی تھی۔ صاحب مجسٹریٹ نے مدعی کے چہرے پر نظریں جماتے ہوئے ذرا تیز لہجہ میں پوچھا۔

"تمہارا نام — ؟"

"آنند — !" مدعی نے جواب دیا۔

"پیشہ — ؟"

"تجارت !"

"کس چیز کی تجارت — ؟" صاحب مجسٹریٹ نے سوال کیا۔ "کیا ناجائز اشیا کی ؟"

آنند اس بات پر چونکا اور جلدی سے گھبرا کر بولا۔

"نہیں حضور — میں نے تو کبھی ناجائز اشیا کی تجارت نہیں کی۔"

"لیکن کیا یہ غلط ہے کہ تم تین مرتبہ کے سزا یافتہ ہو۔"

آنند خاموش رہا تو صاحب مجسٹریٹ نے جھنجھلا کر کہا۔

"میرے سوال کا جواب دو — کیا تم تین مرتبہ کے سزا یافتہ نہیں ہو۔"

"جی ہاں —" آنند نے جواب دیا۔ "لیکن وہ ناجائز اشیا کی تجارت کے سلسلہ میں نہیں تھا —"

"اس سے غرض نہیں — مطلب صرف یہ ہے کہ تم سزا یافتہ ہو اور مسلمہ بدمعاش ہو — اب مجھے یہ بتاؤ کہ اس سازش میں حصہ لینے کے لئے انل کمار نے تمہیں کتنا روپیہ دیا تھا — ؟"

صاحب مجسٹریٹ کے منہ سے یہ الفاظ سن کر آنند بڑے زور سے چونکا اور اس کا چہرہ خوف کی وجہ سے پیلا پڑ گیا۔

"یہ کیا کہہ رہے ہیں حضور — میں نے تو کسی سازش میں حصہ نہیں لیا۔"

"دیکھو آنند۔" صاحب مجسٹریٹ نے ذرا نرم پیرایہ میں کہا۔ "کان کھول کر سُن لو۔ اگر تم نے سارے حالات ایمانداری سے صاف صاف بتا دیئے تو میں شاید تمہیں چھوڑ دوں۔ لیکن اگر تم نے جھوٹ بولنے کی کوشش کی تو میں تمہیں کم از کم پندرہ سال کے لئے جیل بھیج دوں گا۔ مجھے اس سازش کا حال پوری طرح معلوم ہو چکا ہے۔"

اس کے بعد صاحب مجسٹریٹ نے انسپکٹر پولیس کو مخاطب کر کے کہا۔

"انل کمار کو اسی وقت حاضر عدالت کیا جائے۔"

انسپکٹر ادب سے سر جھکا کر اسی وقت باہر چلا گیا۔

صاحب مجسٹریٹ نے دوبارہ آنند کو مخاطب کرتے ہوئے کہا۔

"ہاں اب بتاؤ۔ اصل واقعہ کیا تھا؟"

"اصل واقعہ تو حضور وہی تھا جو بتایا جا چکا ہے۔"

"بکو مت۔" صاحب مجسٹریٹ نے ڈانٹ کر کہا۔ "کیا یہ جھوٹ ہے کہ انل کمار نے تمہیں ملزم اشیم کمار کے خلاف یہ سازش کرنے کے لئے ایک بھاری رقم دی تھی —— کیا یہ غلط ہے کہ واقعہ کے روز تیسرے پہر تم اور انل کمار ایک ساتھ بازار میں کھڑے تھے اور انل کمار نے ملزم اشیم کمار کی جانب اشارہ کر کے دور سے تمہیں بتایا تھا کہ اس شخص کے خلاف سازش کرنی ہے —— بولو کیا یہ سب باتیں غلط ہیں —— میں ایک بار پھر کہتا ہوں کہ مجھے سارا حال معلوم ہو چکا ہے اس لئے یا تو تم صاف صاف بتا دو ورنہ اپنی اس حماقت پر ساری عمر پچھتاؤ گے۔"

آنند کا چہرہ اس طرح سپید ہو گیا جیسے اس کے جسم کا سارا خون نچوڑ لیا گیا ہو وہ خوف کی وجہ سے تھر تھر کانپنے لگا۔

"بولو —— جواب دو ——" صاحب مجسٹریٹ نے پھر سوال کیا۔

حاضرین عدالت اس عجیب مقدمہ پر حیران تھے۔ ان کی سمجھ میں نہ آ رہا تھا کہ

یہ تمام باتیں صاحب مجسٹریٹ کو کیسے معلوم ہو گئیں۔ اور اگر ملزم اشیم کمار نے اس سازش کا حال انہیں بتایا ہے تو بغیر کسی ثبوت کے انہوں نے ان باتوں پر یقین کیسے کر لیا غالباً وہ سب اپنے دل میں سمجھ رہے تھے کہ پرائیویٹ ملاقات کے دوران میں اشیم نے ہی مجسٹریٹ صاحب کو یہ باتیں بتائی ہوں گی جو سراسر غلط ہیں۔ اس نے خود کو بے گناہ ثابت کرنے کے لئے یہ فرضی کہانی گھڑ لی ہوگی۔

لیکن جب صاحب مجسٹریٹ کے استفسار پر آنند نے ہچکچاتے ہوئے کہا۔

"بہت بہتر حضور۔ میں سارے واقعات صحیح صحیح بیان کرنے کو تیار ہوں۔ لیکن کیا آپ میری سچائی کے عوض میرے حال پہ رحم فرمائیں گے؟"

آنند کی اس بات پر تمام حاضرین حیران و ششدر رہ گئے۔ اور دلچسپی کے ساتھ وہ واقعات سننے کے لئے تیار ہو گئے۔

صاحب مجسٹریٹ نے جواب دیا۔

"ہاں۔ اگر تم نے سارے حالات صحیح صحیح بتا دیئے تو جہاں تک ہو سکے گا میں تمہیں کم سے کم سزا دوں گا۔ ورنہ دوسری صورت میں تم سخت ترین سزا کے مستوجب ہو گے ——"

"بہت بہتر —" آنند نے کہا۔ "میں سچ سچ عرض کئے دیتا ہوں —— واقعہ یہ ہے کہ کل دوپہر سیٹھ انل کمار میرے پاس گئے۔ اور مجھے وہ ساری سازش سمجھا کر اس خدمت کے عوض پانچسو روپے مجھے پیش کئے۔ بعد میں انہوں نے ساتھ لا کر مسٹر اشیم کو دور سے مجھے دکھا دیا۔

"سازش یہ تھی کہ میں ایک پستول لے کر رات کو راستے میں کھڑا ہو جاؤں گا — اور جب مسٹر اشیم ادھر سے گذریں گے تو دوڑ کر انہیں چمٹ جاؤں گا۔ اور غل مچا دوں گا اس وقت دو تین سپاہی جو وہیں قریب چھپے ہوئے ہوں گے ہمیں آ کر پکڑ لیں گے۔ میں

۱۲۴

وہ پستول چوری سے زمین پر پھینک کر غل مچا دوں گا کہ یہ شخص مجھے لوٹنا چاہتا تھا پولیس والے ہمیں پکڑ کر تھانے لے جائیں گے ــــ بس یہ ساری سازش تھی۔"

"ٹھیک ہے۔" صاحب مجسٹریٹ نے حکم دیا۔" انل کمار کے حاضر عدالت ہونے تک دوسرے مقدمہ کی کارروائی شروع کی جائے ــــ ملزم اشیم کمار کو بیٹھنے کیلئے کرسی دی جا سکتی ہے۔ اس کے ساتھ ہی ان تینوں سپاہیوں کو بھی حاضر عدالت کیا جائے۔ جو موقعہ واردات پر موجود تھے۔"

آدھے گھنٹے تک ایک دوسرے مقدمہ کی سماعت ہوتی رہی۔ اس عرصہ میں انل کمار اور تینوں سپاہی عدالت میں حاضر کر دیئے گئے ــــ اشیم نے دیکھا کہ انل پریشان تھا اور اس کے چہرے سے سخت بے چینی کے آثار ظاہر تھے۔

دوسرا مقدمہ ختم کرنے کے بعد صاحب مجسٹریٹ نے پھر پہلا مقدمہ ہاتھ میں لیا انل کمار سے کہا گیا کہ وہ اس الزام کی تردید بیان کرے جو آنند نے اس کے خلاف لگایا ہے ــــ انل کے بیان سے پہلے تینوں سپاہیوں کے بھی بیانات ہوئے جنہوں نے تھوڑی سی رد و قدح کے بعد سازش میں شریک ہونا تسلیم کر لیا۔

سازش میں شریک چاروں اشخاص کے بیان دینے کے بعد انل میں اتنی جرأت نہ رہی تھی کہ وہ جھوٹ بولتا۔ اس لئے دبے ہوئے الفاظ میں اس نے بھی جرم تسلیم کر لیا ــــ

صاحب مجسٹریٹ نے تمام بیان سننے کے بعد فیصلہ سناتے ہوئے کہا۔

"میں ملزم اشیم کمار کو باعزت بری کرتا ہوں۔ اور اجازت دیتا ہوں کہ اگر وہ مجرم انل کمار کے خلاف کسی قسم کی قانونی کارروائی کرنا چاہے تو بخوشی کر سکتا ہے۔ مجرم انل کمار نے چونکہ ایک ناپاک سازش ایک بے گناہ شخص کے خلاف کی تھی۔ اس لئے عدالت اسے ایک ہزار روپے جرمانہ کی سزا دیتی ہے۔ تینوں کانسٹبلوں کو ان کی

ملازمت سے برخاست کیا جاتا ہے اور ملزم آنند کو سچ بولنے کے باعث بری کیا جاتا ہے"

فیصلہ سن کر جنک نے فوراً اشیم کو گلے سے لگا لیا اور دونوں اپنی اس جیت پر خوش ہوتے ہوئے عدالت سے باہر نکل آئے۔ لیکن یہ وہ اچھی طرح جانتے تھے کہ اس پوری کارروائی میں ستمی کا ہاتھ کام کرتا رہا ہے۔ اگر وہ نہ ہوتی تو اشیم کا اس گہری سازش سے بچنا محال تھا ــــ

اس روز سارے دن اشیم جنک کے ساتھ رہا۔ رات کو وہ دونوں پھر مکان پر پہنچے۔ اشیم کی خوابگاہ خالی پڑی تھی۔ اور مکان میں سناٹا تھا۔ وہ دونوں بیٹھ کر رمی اور ستمی کا انتظار کرنے لگے۔

دس بجے کے قریب دروازے کے باہر آہٹ سنائی دی۔ دروازہ کھلا اور دونوں بھوت لڑکیاں اندر داخل ہوئیں۔

لیکن وہ دونوں یہ دیکھ کر حیران رہ گئے کہ ستمی کی حالت سخت غیر تھی۔ اس کے پیروں پر پٹیاں بندھی ہوئی تھیں۔ اور رمی اسے اپنا سہارا دیتے ہوئے لا رہی تھی ــــ

"کیوں ــــ کیا ہوا؟" اشیم نے بے تابی سے اُٹھتے ہوئے کہا۔

رمی نے کمرے میں آ کر آہستہ سے ستمی کو مسہری پر لٹا دیا اور بولی۔

"یہ سب کچھ تمہاری وجہ سے ہوا ہے"

"لیکن ہوا کیا؟" اشیم نے پریشانی کے لہجے میں پھر اپنا سوال دُہرایا۔

ستمی کے ہونٹوں پر مسکراہٹ دوڑ گئی۔ اس نے اشیم کے چہرے پر محبت بھری نظر ڈالتے ہوئے کہا۔

"تمہیں پریشان ہونے کی ضرورت نہیں اشیم ــــ کوئی زیادہ اہم معاملہ نہیں ہے میں کل تک ٹھیک ہو جاؤں گی"

۱۲۶

اشیم مسہری پر شمی کے پہلو میں بیٹھ گیا اور اس کے ریشمی بالوں میں انگلیوں سے کنگھی کرتے ہوئے بولا۔

"میں تمہارا یہ احسان زندگی بھر نہیں بھول سکتا شمی۔"

"کوئی احسان نہیں۔ میں نے تو اپنا فرض پورا کیا ہے۔"

"لیکن تمہاری ٹانگوں کو کیا ہوا؟" جنک نے سوال کیا۔

"دراصل انہیں یہ سزا دی گئی ہے۔" رمی نے جواب دیا۔

"سزا — کیا مطلب — ؟" جنک نے پھر حیرت سے سوال کیا۔

رمی نے جنک کے شانے پر ہاتھ رکھتے ہوئے کہا۔

"ہماری دنیا کا ایک قانون یہ ہے کہ کوئی روح انسانی دنیا کے قوانین میں مداخلت نہیں کر سکتی — شمی نے اس کی خلاف ورزی کی۔ اس نے ایک عدالت کے کام میں مداخلت کی۔ مجسٹریٹ کا گلا دبا کر اور دوسرے طریقوں سے اس پر اثر ڈال کر اسے اپنی رائے بدلنے پر مجبور کیا —

"اس پر ہمارے علاقہ کا افسر سخت ناراض ہوا۔ اور اعلیٰ افسران کے پاس شمی کی شکایت بھیج دی۔ شمی کو وہاں طلب کیا گیا — چنانچہ کل ساری رات اور آج سارا دن یہ بے چاری اسی مصیبت میں اِدھر سے اُدھر پھرتی رہی۔ کبھی اُس افسر کے پاس کبھی اِس افسر کے پاس — آخر بڑی مصیبتوں سے اس نے حکام اعلیٰ کو یہ یقین دلایا کہ اگرچہ اس نے انسانی قوانین میں مداخلت کی ہے لیکن اس میں اس کا ایک نیک مقصد تھا۔ ایک بے گناہ کو بچانا تھا — اس سفارش پر حکام اعلیٰ نے اسے معاف کر دیا — پھر بھی چونکہ ساری رات اور سارے دن وہ پیدل پھرتی رہی ہے اس لئے شمی کی ٹانگیں دُکھنے لگی ہیں۔"

"اوہ شمی —" اشیم نے پیار سے شمی کا ہاتھ اپنے ہاتھوں میں لے کر دباتے ہوئے

کہا: "تم نے میری وجہ سے کس قدر تکلیف اُٹھائی ہے - میں تمہارا بہت مشکور ہوں۔"

"اور میں بھی۔" جنک نے جلدی سے کہا۔

"کیوں، تم کیوں؟" شمی نے ہنس کر پوچھا۔

"اس لئے کہ تم نے میرے عزیز دوست کو مصیبت سے بچایا ہے۔"

"شکریہ!" شمی نے ہنس کر کہا۔ "سچ پوچھو تو میں بھی تمہاری مشکور ہوں۔"

"وہ کیوں؟" جنک نے حیرت سے پوچھا۔

شمی نے شرارت سے رمی کی جانب دیکھتے ہوئے کہا۔

"تمہاری وجہ سے رمی کی مجھ سے رنجش ختم ہو گئی ہے۔ اب اسے مجھ سے رقابت کرنے کی ضرورت نہیں رہی۔"

"اوہ — میں سمجھ گیا!" جنک نے ہنس کر کہا۔ اور پیار بھری نظروں سے رمی کی جانب دیکھا — رمی شرما کر کمرے سے باہر بھاگ گئی۔

اکیسواں باب

دوسرے روز اشیم سے مشورہ کر کے جنک جلال آباد کو روانہ ہو گیا — تاکہ اس پنڈت سے کچھ مشورہ کر لے — شمی کی طبیعت بھی اب بالکل ٹھیک ہو گئی تھی رات کو اشیم نے شمی اور رمی دونوں کو بتا دیا کہ جنک کس مقصد کے لئے پنڈت کے پاس گیا ہے —

"لیکن اگر پنڈت کوئی ترکیب نہ بتا سکا؟" شمی نے پوچھا۔

"تو پھر میں زہر کھا کر خودکشی کر لوں گا۔" اشیم نے ہنس کر جواب دیا۔ "مرنے کے بعد تم مجھے ضرور مل جاؤ گی۔ پھر اطمینان کے ساتھ ہماری روحیں اس مکان میں رہا کریں گی۔"

"اگر ایسا ہوتا تو میں کبھی کی تمہیں ختم کر چکی ہوتی۔" شمی نے کہا۔

"کیا مطلب؟" اشیم نے حیرت سے پوچھا۔

"مطلب صرف یہ ہے کہ مرنے کے بعد تمہاری روح یقیناً آزاد ہو جائے گی۔ لیکن یہ بالکل ناممکن ہے کہ مرنے کے بعد تمہاری روح کو اسی مکان میں رہنے کی اجازت مل جائے۔ ممکن ہے تمہیں یہاں سے ہزاروں میل دور کسی ویران مندر کے کھنڈروں میں رہنے کے لئے بھیج دیا جائے۔ یا ممکن ہے تمہیں اس دنیا کے علاوہ کسی اور طبقہ میں بھیج دیا جائے۔ یہ سب حکام بالا پر منحصر ہے۔ روحوں کی دنیا کا یہ قانون ہے کہ کسی روح کو اس جگہ نہیں رکھا جاتا جہاں وہ مادی جسم کی صورت میں رہ چکی ہوں۔"

"لیکن تم جو یہاں رہتی ہو۔" اشیم نے اعتراض کیا۔

"تمہیں معلوم ہے کہ ہمارے انتقال کو پچاس سال کا طویل عرصہ گذر چکا ہے۔ ہم چھیالیس سینتالیس سال تک ایک مندر کے ویران کھنڈر میں رہتی تھیں صرف دو تین سال ہوئے جب ہم دوبارہ اس مکان میں آئی ہیں اور وہ بھی صرف اتفاق ہو گیا ہے۔ نہ میں ایک قانون کی خلاف ورزی کرتی نہ میرا وہاں سے تبادلہ ہوتا۔ اور نہ ادھر میں کبھی آتی۔"

"تو مرنے کے بعد اگر میری روح کو کہیں دور بھیج دیا گیا تو میں بھی کوئی قصور کر کے تمہارے پاس آ جاؤں گا۔" اشیم نے ہنس کر کہا۔

"واہ!" شمی نے جواب دیا "یہ کوئی ضروری تھوڑے ہی ہے کہ قصور کرنے کے بعد صرف تبادلہ کی ہی سزا دی جائے ۔۔ کوئی اور سزا بھی دی جا سکتی ہے۔ اس کے علاوہ اگر تبادلہ بھی کیا گیا تو وہ تمہیں ہمارے پاس کیوں بھیجیں گے ممکن ہے مزید ہزاروں میل دور فاصلے پر بھیج دیں۔"

"پھر تو بڑی مشکل کا سامنا ہوگا۔" اشیم نے فکر مند لہجہ میں کہا۔

"ہاں ۔۔" شمی نے سر ہلاتے ہوئے کہا "میں ان تمام حالات پر پہلے ہی غور کر چکی ہوں۔ یقین کرو اگر مجھے یہ یقین ہو جاتا کہ مرنے کے بعد تمہاری روح کو میرے ساتھ رہنے کا دائمی موقع مل جائیگا تو میں اس سے بہت پہلے تمہیں موت کے گھاٹ اتار دیتی۔"

"بھلا تم مجھے کیسے مارتیں؟" اشیم نے سوال کیا۔

"جس طرح دوسرے تین آدمی اس مکان میں مر چکے ہیں۔" شمی نے جواب دیا۔

"واہ میں کوئی بزدل ہوں جو وہم سے مر جاتا۔" اشیم نے کہا۔

"بزدلی کی بات نہیں ۔۔۔ اگر پہلی رات کو جب تم یہاں آئے تھے، ہماری بجائے تمہیں اپنے کمرے میں دو شیر بیٹھے ہوئے ملتے اور تمہارے دیکھتے دیکھتے ہی وہ شیر لوٹ پوٹ کر سانپ بن جاتے۔ پھر تھوڑی دیر بعد ہی وہ سانپ بلیاں بن کر غائب ہو جاتے تو کیا تم زندہ رہتے ۔۔۔ سرکار۔ اس وقت ساری دلیری دھری رہ جاتی۔ اور دو منٹ میں خوف کے مارے جناب کی جان نکل جاتی۔"

"پھر تم نے میرے ساتھ رعایت کیوں برتی؟" اشیم نے سوال کیا۔

"یہ اپنے دل سے پوچھ لو ۔۔۔" شمی نے جواب دیا اور اپنی بات پر خود ہی شرما گئی۔

"میں اپنے دل سے کیا پوچھ لوں ۔۔۔ جب تم نے اتنی باتیں بتا دی ہیں، تو

یہ بات بھی بتا دو۔"

"میں بتاتی ہوں۔" رمی نے جلدی سے جواب دیا۔ "صاف بات یہ ہے کہ دن میں تمہیں ایک نظر دیکھتے ہی شمی تم پر عاشق ہو گئی تھی۔ چنانچہ جب تم اپنا سامان یہاں رکھ کر واپس گئے۔ تو ہم نے ایک چھوٹی سی کانفرنس کی اور طے کیا کہ تمہیں ہم نہیں ستائیں گے۔ بلکہ جہاں تک ہو سکے گا نرمی اور محبت سے پیش آئیں گے۔ اس کے بعد جب تم سے کھل کر باتیں کرنے کا موقعہ ملا، تمہارے عادات، اخلاق اور ہمت کو دیکھنے کا موقعہ ملا۔ تو ہم دونوں سچ مچ تم سے محبت کرنے لگیں۔ لیکن کچھ روز کے بعد مجھے یہ دیکھ کر سخت افسوس ہوا کہ تم میری بہ نسبت شمی کی طرف زیادہ مائل ہو۔ اس سے مجھے بہت رنج پہنچا۔ لیکن پھر میں نے سوچا کہ اس میں تمہارا یا شمی کا کیا قصور، میرا حسد بالکل بے جا ہے۔ یہ تو دل کی بات ہے۔ لہٰذا میں نے یہ سوچ کر اپنے دل پر جبر کرنے کا فیصلہ کر لیا۔ جس کا مجھے خاطر خواہ انعام مل گیا۔"

"اور وہ انعام میرا عزیز دوست جنک ہے۔" اشیم نے ہنستے ہوئے کہا۔

"ہاں واقعی وہ جنک ہے۔" رمی نے بے تکلفی سے کہا۔ "مجھے یہ اعتراف کرنے میں کوئی عذر نہیں ہے کہ میں جنک سے بڑی شدت کے ساتھ محبت کرنے لگی ہوں اور خوشی کی بات ہے کہ جنک بھی میرے سوا کسی سے محبت نہیں کرتے۔"

"چلو اچھا ہوا۔" اشیم نے ہنس کر جواب دیا۔ "جنک کی وجہ سے میں بھی اس مصیبت سے بچ گیا۔ سچ جانو تمہاری کوفت اور رنج سے مجھے بڑا افسوس ہوتا تھا لیکن خیر ہم باتوں میں کہاں سے کہاں پہنچ گئے۔ سوال یہ ہے کہ جس مقصد کے لئے جنک گیا ہے اگر وہ پورا ہو گیا۔ یعنی کوئی صورت ایسی ہو گئی کہ تم دونوں کو کسی مادی جسم میں داخل کر دیا جائے اور تم دونوں پھر اس مادی دنیا میں حیات حاصل کر لو۔ تو کیا تم قبول کر لو گی؟"

"کم از کم میں تو تمہیں حاصل کرنے کے لئے ہر امتحان سے گذرنے کو تیار ہوں"

"اور میں بھی جنک کے لئے سب کچھ کر سکتی ہوں۔" رمی نے جلدی سے کہا۔

"بس تو ٹھیک ہے۔" اشیم نے جواب دیا۔ "لیکن واقعی اب سوال پیدا ہوتا ہے کہ اگر ایسی کوئی صورت نہ نکلی تو کیا ہوگا؟"

"پھر صبر کے علاوہ کیا چارہ ہے۔" رمی نے جواب دیا۔ "پھر تو آخری صورت یہی ہے کہ جب تک ہمیں اس طرح ساتھ رہنے کا موقعہ حاصل ہے اسی طرح ہم ہر کے ساتھ رہیں اور ان لمحوں کو غنیمت جانیں جو ایک دوسرے کی معیت میں گذر رہے ہیں۔"

بہت دیر تک وہ تینوں اس مسئلہ پر بحث کرتے رہے۔ آخر جب کسی نتیجہ پر نہ پہنچ سکے تو اشیم نے کہا۔

"خیر چھوڑو — اس بات کا فیصلہ تو اب جنک کے آنے ہی پر ہوگا کہ آئندہ کیا کیا جائے۔ فی الحال تم دونوں اپنے اپنے سبق لے کر بیٹھ جاؤ۔ ہر حال میں تمہیں اپنی تعلیم جاری رکھنی چاہیئے۔"

اور دونوں لڑکیاں اپنی اپنی کتابیں اٹھا کر سبق یاد کرنے لگیں۔

بائیسواں باب

تیسرے دن جنک آ گیا — وہ بہت خوش تھا — شام کو جب اشیم

جنک کے ہاں گیا تو اس نے پوچھا۔

"کہو کیا خبر لائے ——— ؟"

"خبر تو نیک ہے"۔ جنک نے جواب دیا۔ "سوائے ایک خامی کے ؟"

"وہ کیا —— ذرا تفصیل سے بیان کرو۔"

"میں نے پنڈت جی کو سارا معاملہ تفصیل سے بتا دیا تھا۔" جنک نے تفصیل بیان کرتے ہوئے کہا۔ "پوری داستان سن کر پنڈت جی بہت دیر تک سوچتے رہے پھر مجھ سے کہا۔ کل صبح آنا —— اگلے روز میں گیا تو انہوں نے دو چھوٹے چھوٹے کاغذ مجھے دیئے۔ جن پر کسی عجیب زبان میں کچھ منتر سے لکھے ہوئے ہیں۔ وہ دونوں کاغذ دے کر انہوں نے مجھ سے کہا۔

"یہ کاغذ لے جا کر ان دونوں روحوں کو دے دو۔ اور ان سے کہو کہ اگر کوئی ارتھی یا جنازہ اس طرف سے گزر رہا ہے تو وہ یہ کاغذ اپنے سینے سے لگا کر دوڑتی ہوئی گھر سے باہر نکل جائے اور مردہ کے جسم میں داخل ہو جائے —— بغیر کسی دشواری کے وہ جسم میں داخل ہو جائے گی۔ اور اس مردہ جسم میں جان آجائیگی۔ بس۔ ان کے زندہ ہونے کی یہی ایک صورت ہے۔ لیکن ان دونوں روحوں کو میری طرف سے سمجھا دینا کہ وہ کسی ایک ارتھی پر آپس میں نہ لڑیں۔ بلکہ ان میں سے جو اس نقش کو سینے سے لگا کر گھر کے دروازہ سے باہر پہلے قدم نکالے گی اسی کا حق ہوگا کہ وہ اس مردہ جسم میں داخل ہو دوسری کا حق نہ ہوگا۔ اگر ان میں سے کوئی روح اس بات کی خلاف ورزی کرے گی تو نقصان اٹھائے گی۔"

"ترکیب تو بہت اچھی ہے۔" اسیم نے خوش ہوتے ہوئے کہا۔ "لیکن تم کہہ رہے تھے اس میں کوئی خامی ہے —— وہ خامی کیا ہے —— ؟"

"خامی یہ ہے۔" جنک نے جواب دیا۔ "فرض کرو ادھر سے کوئی ارتھی گزر رہی

ہے۔ سب سے پہلی بات تو یہ ہے کہ وہ ارتھی کیا ضروری ہے کہ کسی نوجوان لڑکی ہی کی ہو۔ ہو سکتا ہے وہ کسی عمر رسیدہ عورت کی ہو۔ یا کسی ایسی عورت کی ہو جو برسوں بیمار رہی ہو۔ یا اس کا جسم دائمی مریض ہو۔ اس صورت میں اگر رمی اور رشمی میں سے کسی کی بھی روح ایک بار اس جسم میں داخل ہو گئی تو وہ مستقل عذاب بن جائے گی۔ ظاہر ہے کہ دوسرے جسم میں داخل ہونے کے بعد روح کی وہ صورت نہیں رہے گی جو اس وقت ہمیں نظر آتی ہے بلکہ جسم کی اصلی صورت قائم رہے گی۔ دوسری بات یہ کہ اگر خوش قسمتی سے وہ ارتھی کسی نوجوان لڑکی کی ہی ہے تو ہو سکتا ہے وہ نہایت کریہہ منظر اور بدصورت ہو۔ ظاہر ہے کہ ان دونوں صورتوں میں ہم اس لڑکی کے ساتھ زندگی نہیں بتا سکتے۔ اس میں کوئی شک نہیں کہ اس جسم میں ایک محبت کرنے والی روح ہو گی۔ لیکن تم خود دل پر ہاتھ رکھ کر سوچو۔ کیا تم ایک ایسی لڑکی کے ساتھ زندگی بھر نباہ کر سکو گے جو سخت بدصورت ہو یا دائم المریض ہو ---؟"

"یہ تو واقعی ایک نئی الجھن کھڑی ہو گئی۔" اشیم نے جواب دیا۔

"ہاں۔" جنک بولا۔ "اس کے علاوہ ایک مصیبت یہ بھی ہے کہ کسی بھی روح کے ایک بار جسم میں داخل ہونے کے بعد اس کا باہر واپس آنا ناممکن ہے۔ یہ تو قسمت کا ایک اندھا فیصلہ ہو گا۔"

"پھر اب کیا کیا جائے؟" اشیم نے فکرمند لہجہ میں کہا۔

"میری سمجھ میں تو کچھ بھی نہیں آتا --- میں کل سے اسی سوال پر غور کر رہا ہوں۔ صرف ایک ترکیب سمجھ میں آتی ہے۔"

"وہ کیا ---؟"

"وہ یہ کہ ہم رات دن کسی طریقہ سے یہ معلوم کرتے رہیں کہ شہر میں کونسی ایسی لڑکی مری ہے جو خوبصورت بھی ہو اور صحت مند بھی۔ یا یہ کہ جب کسی لڑکی

کی ارتھی قریب سے گذرے تو ہم پہلے سے کسی طرح یہ معلوم کرلیں کہ مرنے والی لڑکی کیسی تھی، اس کی عمر کیا تھی —"

"لیکن جہاں تک عمل کا تعلق ہے یہ دونوں باتیں ناممکن معلوم ہوتی ہیں۔" اشیم نے کہا۔

"بھلا کسی ارتھی کو دیکھ کر آپ اس کے ساتھ والے آدمیوں سے کیسے مردہ لڑکی کے حسن اور عمر کے بارے میں پوچھ سکتے ہیں — نہیں میرے دوست یہ معاملہ تو بالکل قسمت پر چھوڑنا پڑے گا۔"

"یا ایک ترکیب اور ہے۔" جنک نے ذرا مسکراتے ہوئے کہا۔

"وہ کیا؟" اشیم نے پر شوق لہجہ میں پوچھا۔

"وہ یہ کہ ہم خود دو خوبصورت لڑکیوں کو تلاش کر کے انہیں ہلاک کر دیں۔"

"اور خود قتل کے جرم میں پھانسی پر چڑھ جائیں۔" اشیم نے جلدی سے کہا۔

"بھلا قتل کا جرم ہم پر کیسے عائد ہو سکتا ہے جب وہ دوبارہ زندہ ہو جائیں گی۔" جنک نے جواب دیا۔

"نہیں۔ یہ بہت خوفناک تجویز ہے۔" اشیم نے جواب دیا۔ "اس سے بہتر تو یہ ہے کہ ہم یہ معاملہ قسمت پر ہی چھوڑ دیں۔ جو ہوگا دیکھا جائے گا۔"

"جیسے تمہاری مرضی ہو۔" جنک نے بھی منظوری دے دی۔

"چلو — رمی اور ستی کو ساری بات بتادیں۔"

"کیا آج ہی ہمیں ان دونوں کو یہ کاغذ کے پرزے دے دینے چاہئیں؟"

"ہاں۔ یہ چیز انہیں ہی سونپ دینی چاہیئے۔ آگے جیسا وہ مناسب سمجھیں گی خود کرلیں گی۔ ہو سکتا ہے وہ دونوں کوئی بہترین تجویز بتا سکیں کیونکہ ان کی طاقتیں انسانی طاقتوں سے زیادہ ہیں۔"

"ہاں۔ یہ ٹھیک ہے۔" جنک نے جواب دیا۔ "وہ دونوں یقیناً کوئی بہتر تجویز سوچ سکیں گی۔"

رات کا کھانا ہوٹل میں کھا کر دونوں دوست مکان پہ پہنچے تو شمی اور رمی اشیم کی خوابگاہ میں ان کی منتظر بیٹھی تھیں۔

"کہئے کیا خبر لائے؟" دونوں لڑکیوں نے انہیں دیکھتے ہی بیک زبان پوچھا۔

"خبر اچھی بھی ہے اور بری بھی۔" جنک نے جواب دیا۔

"ہمیں جلدی سے بتاؤ۔" رمی نے بے تابی کا اظہار کرتے ہوئے کہا۔

"صبر کرو ذرا۔ ابھی بتاتا ہوں۔" جنک نے ہنستے ہوئے کہا اور کرسی پر اطمینان سے بیٹھنے کے بعد سارے حالات انہیں بتائے۔ اس کے ساتھ ہی وہ دشواریاں بھی بیان کر دیں جن کے بارے میں کچھ دیر پہلے اس میں اور اشیم میں بحث ہو چکی تھی۔

سارے واقعات بیان کرنے کے بعد جنک نے آخر میں کہا۔

"اب تم ہی بتاؤ اس بات کا پتہ کیسے لگایا جا سکتا ہے کہ جس جسم میں تم میں سے کسی ایک کو داخل ہونا ہے وہ خوبصورت اور صحیح سالم جسم ہے۔"

شمی اور رمی کچھ دیر تک سوچتی رہیں۔ پھر شمی بولی۔

"خیر یہ تو کچھ دشوار نہیں ۔۔۔ ہم میں سے جو بھی اس ادھیڑ کے قریب جائیگی وہ فوراً دیکھ لے گی کہ جسم کیسا ہے۔ کسی جسم میں داخل ہونے سے پیشتر ہم اس کو ہر طرح اپنے لائق دیکھ لیں گی۔ اگر اس میں کوئی بھی خرابی ہوئی تو ہم واپس آ جائیں گی۔ کیونکہ کسی دائم المرض جسم میں داخل ہونے کے معنی تو یہ ہے کہ پوری زندگی ہمیں تکلیفوں سے مقابلہ کرنا پڑے گا۔ یہی بات کسی بدصورت جسم میں داخل ہونے پر بھی ہے۔ کیونکہ ظاہر ہے کہ ہمارے عالم وجود میں آنے کے بعد بھی اگر ہمیں تمہاری سچی محبت حاصل نہ ہو سکی۔ تو وہ مقصد ہی ختم ہو جاتا ہے۔ جس کی وجہ سے ہم

اتنی تکلیفیں برداشت کریں گی۔"

"یہی ہمارا مقصد ہے۔" اشیم نے کہا۔ "بدصورت یا دائم المریض جسم میں داخل ہونے کے معنی یہ ہیں کہ تمہیں ایک پوری زندگی کی مصیبت اور ملے گی۔ اور ہمارے لیئے بھی ان کریہہ جسموں میں تمہارے ساتھ زندگی گذارنا دشوار ہو جائیگا۔"

"دقت صرف ایک ہے۔" شی بولی۔

"وہ کیا؟" جنک نے سوال کیا۔

"یہ مسئلہ تو آسانی سے حل ہو جائے گا کہ جس جسم میں ہمیں داخل ہونا ہے وہ خوبصورت اور تندرست بھی ہے یا نہیں۔ دقت صرف یہ ہو گی کہ ہمیں کسی اچھے اور تندرست جسم کے لیئے نہ معلوم کب تک انتظار کرنا پڑے۔ یہ سب قسمت پر منحصر ہے۔ ہو سکتا ہے کوئی ایسا جسم ہمیں کل ہی مل جائے اور ہو سکتا ہے ہمیں کئی برس تک انتظار کرنا پڑے۔"

"اور یہ دوسری صورت پیش آنے کا زیادہ اندیشہ ہے۔" شی بولی۔ "کیونکہ ظاہر ہے موت عام حالت میں اسی وقت پیش آتی ہے جب انسان کا جسم پوری طرح ناکارہ ہو جاتا ہے۔ مسلسل اور طویل بیماری اچھے جسم کو بھی بدنما اور بیکار بنا دیتی ہے۔ ایسے حادثے بہت کم ہوتے ہیں جن میں انسان اپنے تندرست جسم کے ساتھ مر جائے۔"

"ہاں ۔۔۔" اشیم نے کہا۔ "ایسے حادثے تو صرف دو ہی صورتوں میں پیش آتے ہیں۔ یا تو انسان زہر کھا کر خودکشی کر لے۔ یا کسی وجہ سے حرکت قلب بند ہو جانے کے باعث اس کی موت واقع ہو جائے۔"

"ایک نیا خیال میرے ذہن میں آیا۔" دیکایک جنک نے کہا۔ "کیا یہ ممکن نہیں ہے کہ کسی مردہ جسم میں نئے سرے سے روح داخل ہونے کے بعد اس کے مفلوج اور

بیکار اعضاء دوبارہ اپنی صحیح حالت پر آجائیں۔ کیونکہ ظاہر ہے کہ نئی روح اس جسم میں داخل ہوگی تو اس کے اعضاء میں بھی نئی زندگی آجائے گی۔ اگر ایسا ممکن ہے تو میں سمجھتا ہوں کہ بیکار یا بیماریوں کا مارا ہوا جسم بھی نئے سرے سے شگفتگی حاصل کر سکتا ہے۔ شرط صرف یہ ہے کہ اس جسم کے نقوش دلفریب ہوں"

"اس کے متعلق فیصلہ کن انداز میں کچھ نہیں کہا جا سکتا" شمی نے جواب دیا۔ "کیونکہ آج تک روحوں کی دنیا میں یا اس مادّی دنیا میں کوئی ایسا واقعہ پیش نہیں آیا۔ میں سمجھتی ہوں کہ اگر ان منتر لکھی ہوئی پرچیوں کے ذریعہ واقعی ہم دونوں دو غیر جسموں میں داخل ہو گئیں۔ تو دونوں دنیاؤں میں یہ اپنی قسم کا پہلا واقعہ ہوگا"

"تو آخری صورت یہی ہے کہ ہمیں انتظار کرنا چاہیئے" اشیم نے کہا۔

"ہاں" رمی نے جواب دیا "اس کے علاوہ کوئی صورت نہیں۔ ہمیں اسوقت تک انتظار کرنا چاہیئے جب تک کسی تندرست اور خوبصورت لڑکی کی ارتھی ادھر سے نہیں گذرتی۔ کم از کم میں کسی بیمار اور لاغر جسم میں داخل ہونے کے لئے بالکل تیار نہیں ہوں"

جنک نے پنڈت کے دیئے ہوئے دونوں منتروں والے کاغذ شمی اور رمی کے حوالے کر دیئے۔ اب اشیم اور جنک کسی حد تک مطمئن ضرور ہو گئے تھے۔ یعنی اب یہ مشکل تو حل ہو گئی تھی کہ شمی اور رمی کی روحیں غلطی سے کسی ناکارہ اور بھدّے جسم میں داخل نہ ہو جائیں۔ اب صرف انتظار کی الجھن تھی۔ کہ دیکھئے کب ایسا جسم مل سکتا ہے جو ہر طرح ان کے معیار پر پورا اترتا ہو۔

اس گفتگو کے بعد بھی وہ چاروں بہت دیر تک اس مسئلہ پر بحث کرتے رہے لیکن کسی فیصلہ کن نتیجہ پر نہ پہنچ سکے۔ آخر رات زیادہ ہو جانے پر جنک ان سے رخصت ہو کر واپس آگیا۔

تئیسواں باب

تین طویل ماہ گذر گئے ــــــ اس دوران میں بیسیوں لڑکیوں کی ارتھیاں اس مکان کے سامنے سے ہوکر گذریں ــــــ چونکہ وہ مکان شمسان بھومی کے راستے پر واقع تھا، اس لئے شہر میں مرنے والی ہر لڑکی کے بارے میں آسانی سے رمی اور شمی کو معلوم ہوجاتا تھا۔ دن ہو یا رات۔ وہ دونوں جب کسی ارتھی کے گذرنے کا شور وغل سنتیں، فوراً پنڈت کی دی ہوئی پرچیاں اپنے سینوں سے لگاکر باہر بھاگ کھڑی ہوتیں۔ اور مردہ جسم کو دیکھ کر واپس آجاتیں۔ اس وقت تک جتنی لڑکیوں کی لاشیں ادھر سے گذری تھیں وہ سب نہایت لاغر اور بدصورت تھیں۔ ہوسکتا ہے وہ اپنی زندگی میں خوبصورت رہی ہوں لیکن حادثہ، موت یا طویل بیماری سے ان کی شکلیں تک بگڑ جاتی تھیں۔

رمی اور شمی کی تعلیم متواتر جاری تھی ــــــ خاص طور پر شمی نے بہت ترقی کرلی تھی۔ اس کی تحریر بھی صاف اور خوشخط ہوگئی تھی۔ اب وہ اشیم کے کام میں خاص طور پہ مدد دینے لگی تھی۔ یعنی اشیم ناول کا مسودہ لکھ دیتا تھا اور شمی اسے صاف طور سے نقل کردیتی تھی۔ جس کی وجہ سے اشیم کا آدھا وقت بچ جاتا تھا۔ رمی نے بھی اپنی ذہنی بساط کے مطابق تعلیم میں ترقی کی تھی۔ ان دونوں کا خیال تھا کہ انہیں جسم مل گئے تو وہ دونوں اپنی اپنی استعداد کے مطابق کوئی امتحان ضرور پاس

کریں گی۔

انل اور لتا سے اس واقعہ کے بعد اسیم کی کبھی ملاقات نہ ہو سکی تھی البتہ اڑتی اڑتی یہ خبر اسیم تک ضرور پہنچ گئی تھی کہ اس کے خلاف انل کی سازش کے بارے میں لتا کو سب کچھ معلوم ہو چکا ہے۔ لیکن یہ خبر سن کر لتا پر کیا ردعمل ہوا اس کے بارے میں اسے کچھ معلوم نہ ہو سکا۔

اس دوران میں جنک اور اسیم نے اور بھی بہت سے روحانیات کے ماہر اشخاص سے مل کر اس بارے میں مشورے کئے کہ کیا روحوں کو دوبارہ انسانی جسموں میں داخل کیا جا سکتا ہے۔ لیکن ہر طرف سے ناکامی ہوئی۔

ان ہی دنوں اسیم کا ایک ناول بھی حال ہی میں شائع ہوا تھا۔ بمبئی کے ایک فلم پروڈیوسر کو پسند آ گیا اور اس نے اسیم کو لکھا کہ اگر وہ اس ناول کو فلمانے کی اجازت دے سکے تو حقوق کے بارے میں بمبئی آ کر گفت وشنید کرے۔

عام حالات میں شاید اسیم، سمی اور رمی کو چھوڑ کر شہر سے باہر جانا پسند نہ کرتا لیکن چونکہ ناول کی کہانی فلمانے میں معاوضہ بہت زیادہ ملنے کی امید تھی اس لئے اس نے جنک، رمی اور سمی تینوں سے اس بارے میں مشورہ کیا اور تینوں دوستوں نے اسے پُر زور مشورہ دیا کہ وہ فوراً بمبئی روانہ ہو جائے۔

"لیکن آپ لوگوں کو چھوڑ کر جانے کو میرا دل نہیں چاہتا۔" اسیم نے کہا۔ "نہ جانے مجھے کب تک وہاں رہنا پڑے۔"

"میرے خیال سے زیادہ دن نہیں لگیں گے۔" جنک نے کہا۔ "بس تم جا کر معاہدہ کر لو۔ اور روپے لے کر واپس آ جاؤ۔"

"لیکن اگر ناول کو فلمی کہانی میں ڈھالنے اور اس کے مکالمے لکھنے کے لئے بھی مجھے کہا گیا تو کم از کم ڈیڑھ دو ماہ لگ جائیں گے۔" اسیم نے جواب دیا۔

"کچھ بھی ہو۔" شمی نے جلدی سے کہا۔ "تمہیں فوراً بمبئی روانہ ہو جانا چاہیئے۔ تمہیں اپنے مستقبل کے لئے کچھ نہ کچھ روپیہ ضرور جمع رکھنا چاہیئے۔ اور چونکہ فلم کمپنی سے معقول معاوضہ ملے گا اس لیئے تم وہ پورا روپیہ بینک میں محفوظ رکھ سکتے ہو کیونکہ جلد یا بہ دیر کوئی جسم مل جانے پر جب میں بھی اس عالم وجود میں آجاؤں گی۔ اس وقت میرے تمام اخراجات کا بار بھی تم پر ہی پڑے گا۔ اپنی موجودہ حالت میں تو نہ مجھے کھانے کی ضرورت ہوتی ہے نہ پہننے کی۔ لیکن کسی جسم میں منتقل ہو جانے کے بعد مجھے بھی ہر قسم کی ضرورت ہو گی۔ اس وقت کے لئے بہتر ہے کہ تم کچھ روپیہ جمع کر لو۔ تاکہ شادی ہونے کے بعد کوئی کاروبار شروع کر سکو۔"

"بہت اچھا۔" اشیم نے ہتھیار ڈالتے ہوئے کہا۔ "اگر تم کہتی ہو تو چلا جاؤں گا۔"

"لیکن شمی کیا ایسا نہیں ہو سکتا۔" یکایک جنک نے کہا۔ "کہ اپنی موجودہ حالت میں جبکہ تم بہت سی ما فوق الفطرت طاقتوں کی مالک ہو، کچھ روپیہ لاکر اشیم کو دیدو جو مستقبل میں تم لوگوں کے کام آئے۔"

"نہیں" شمی نے جواب دیا "میں ایسا نہیں کر سکتی۔ اس وقت دنیاوی مال و دولت کو ہاتھ لگانا ہمارے قانون کے خلاف ہے۔ اگر میں ایسا کروں گی تو حکام اعلیٰ مجھ سے خفا ہو جائیں گے اور پھر نہ جانے وہ مجھے کہاں بھیجدیں۔ یا کوئی ایسی سزا دیں جس کی وجہ سے میرے یہ تمام رنگین خواب رکھے رہ جائیں —— نہیں —— میں ایسا نہیں کر سکتی —— میں اپنی موجودہ حالت میں کوئی خطرہ مول نہیں لے سکتی — مجھے ایک اچھا سا جسم مل جائے۔ بس یہی میری سب سے بڑی خواہش ہے۔ بعد میں چاہے مجھے اشیم کے ساتھ رہ کر غربت کی زندگی ہی گذارنی پڑے —— مجھے کوئی دُکھ نہ ہو گا —— لیکن اگر بدقسمتی سے کوئی ایسی صورت پیش آگئی کہ میں اشیم کو نہ پاسکی تو پھر قیامت تک مجھے چین نہ مل سکے گا۔"

"نہیں نہیں" اشیم نے جلدی سے کہا "میں بھی کوئی ایسا غلط کام کرنے کا مشورہ نہیں دے سکتا۔ میں اپنی ایمانداری کی روزی پر ہر طرح شاکر ہوں۔ اور پھر جب تم جیسی ہمدرد روح میرے ساتھ ہوگی تو میں دنیا کی ہر تکلیف کا مقابلہ خوشی سے کرلوں گا۔"

"بس تو پھر تم بھگوان کا نام لے کر کل بمبئی کے لئے روانہ ہو جاؤ" شمی نے کہا "لیکن جنک کو خط ضرور لکھتے رہنا۔ کیونکہ اپنے حکام اعلیٰ کی اجازت کے بغیر میں اتنی دور تمہارے پاس نہیں آسکتی۔"

"اطمینان رکھو۔ میں روز ایک خط لکھتا رہوں گا" اشیم نے جواب دیا "اور میری غیر موجودگی میں جنک روزانہ یہاں آکر تم دونوں کا دل بہلاتا رہے گا۔"

دوستوں کی جانب سے بمبئی جانے کی پرزور تائید دیکھ کر مجبوراً اشیم کو بمبئی جانے کا پروگرام بنانا پڑا۔ چنانچہ اسی روز اس نے فلم پروڈیوسر کو تار دے دیا کہ میں فلاں روز بمبئی پہنچ رہا ہوں اور دوسرے روز وہ بمبئی کے لئے روانہ ہوگیا۔

چوبیسواں باب

بمبئی پہنچتے ہی بیس ہزار روپے میں اس کی کہانی کا معاہدہ ہوگیا۔ ناول کو فلمی کہانی کا روپ دینے کی ذمہ داری بھی اشیم کے ہی سپرد کی گئی۔ چنانچہ مجبوراً اسے ایک ڈیڑھ ماہ کے لئے وہیں قیام کرنا پڑا۔ لیکن بمبئی پہنچ کر وہ روزانہ ایک خط

جنک کو لکھتا رہا۔ اور جنک کی جانب سے بھی ایک خط اسے روز موصول ہوتا رہا۔

اسی طرح سکون و اطمینان سے ایک ماہ گزر گیا۔ اس عرصہ میں وہ کہانی کو فلم کے مطابق بنا چکا تھا۔ صرف اس کے مکالمے لکھنے باقی تھے۔ کہ یکا یک ایک روز اسے جنک کا تار ملا۔ جس میں لکھا تھا۔

"پہلی گاڑی سے فوراً آجاؤ ــــ جنک"

تار پڑھ کر اشیم کا دل تیزی سے دھڑکنے لگا۔

"ضرور۔ کوئی خاص واقعہ پیش آیا ہے" اس نے بڑبڑا کر خود سے کہا "ورنہ جنک اسے کبھی تار نہ دیتا"

لیکن وہ واقعہ کس قسم کا ہوگا۔ اس کے بارے میں وہ کوئی اندازہ نہ لگا سکا۔ کیا جنک کو کوئی حادثہ پیش آگیا ــــ؟ کیا رمی اور رشمی میں سے کسی کے ساتھ کوئی واقعہ پیش آیا ہے؟ ــــ اور آخر میں اس کے ذہن میں ایک نیا خیال پیدا ہوا کہ کیا ان دونوں میں سے کسی کو کوئی خوبصورت جسم مل گیا ہے؟

یہ آخری خیال ذہن میں آتے ہی اس کا دل تیزی سے دھڑکنے لگا۔ اسے جنک پر سخت غصہ آرہا تھا۔ کہ اس نے تفصیل سے کیوں نہیں لکھا کہ کیا واقعہ پیش آیا ہے ــــ وہ سوچنے لگا کہ اگر واقعی دونوں روحوں میں سے کوئی ایک کسی جسم میں داخل ہو چکی ہے تو اس کا نتیجہ کیا رہا ہوگا ــــ وہ کیسی لڑکی ہوگی ــــ "اگر ایسا ہے" اس کے دل میں خواہش پیدا ہوئی "تو کاش وہ رشمی ہو"

"میں آج ہی روانہ ہو جاؤں گا" اس نے فیصلہ کر لیا۔ لیکن پھر اس نے سوچا کہ ریل گاڑی سے اگر میں گیا تو کم از کم اٹھائیس گھنٹے سفر میں لگیں گے۔ اس لئے مجھے فوراً ہوائی جہاز سے روانہ ہو جانا چاہیے۔ بیس ہزار میں سے دس ہزار روپیہ اسے پیشگی مل چکا تھا۔ اس لئے اسے اخراجات کی کوئی پرواہ نہیں تھی۔ چنانچہ اس نے

فوراً ہوائی اڈے کو فون کر کے معلوم کیا کہ کیا اس وقت کوئی جہاز اس کے شہر کو روانہ ہوتا ہے۔ معلوم ہوا کہ ایک گھنٹہ بعد ایک ہوائی جہاز اڑے گا۔ یہ معلوم کرتے ہی وہ فوراً ایک اٹاچی کیس میں چند کپڑے رکھ کر اور ضرورت کے مطابق روپیہ لے کر ایئر پورٹ کو روانہ ہو گیا۔

اس کے دل میں ایک عجیب سی بے چینی لگی ہوئی تھی ـــــ ایک ایک لمحہ اسے گذارنا مشکل ہو رہا تھا ـــــ نہ جانے کیا ہوگا ـــــ نہ جانے کیا پیش آنے والا ہے نہ جانے میں کب وہاں پہنچوں گا ـــــ اسی قسم کے سینکڑوں سوالات اس کے ذہن میں سنپولیوں کی طرح کلبلا رہے تھے۔

آخر خدا خدا کر کے جہاز نے پرواز شروع کی۔ سفر صرف چھ گھنٹے کا تھا ـــــ "اس کے معنی یہ ہیں" اس نے دل ہی دل میں حساب لگاتے ہوئے خود کو تسلی دی "اس وقت چھ بجے ہیں ـــــ چھ گھنٹے کا سفر۔ یعنی بارہ ساڑھے بارہ بجے تک میں اپنے مکان پر پہنچ جاؤں گا ـــــ"

ہوائی جہاز میں سفر کرنے کا یہ اس کا پہلا موقعہ تھا۔ تاریکی چاروں طرف پھیلنے لگی تھی۔ دور افق میں شفق کی سرخی نے مغرب کو لالہ گوں بنا دیا تھا ـــــ وہ شیشہ سے باہر افق کے پر کیف منظر میں گم تھا کہ ایک نقرئی آواز نے اسے چونکا دیا۔

"آپ چائے نوش فرمائیں گے ـــــ؟"

اس نے جلدی سے پلٹ کر دیکھا تو مسافروں کا دل بہلاتے اور ان کی ضروریات کا خیال رکھنے والی جہاز کی ملازم لڑکی کھڑی ہوئی مسکرا رہی تھی ـــــ وہ اینگلو انڈین لڑکی تھی۔ گورا صبیح رنگ ـــــ آسمان کی طرح نیلی شفاف آنکھیں۔ گداز جسم اور بوٹا سا قد ـــــ مجموعی طور پر وہ کافی نظر فریب اور دلکش لڑکی تھی ـــــ اشیم کی نظر اس کے چہرے پر پڑی تو وہ حیرت سے اسے دیکھتا رہ گیا۔ اس کے نقوش میں

ایک عجیب قسم کی دلآویزی تھی جو دیکھنے والی نگاہوں کو اپنے اندر جذب کر لیتی تھی۔

"چائے پیجئے گا" لڑکی نے اس کو اپنی جانب بے باکی سے گھورتے دیکھ کر پھر پوچھا

"کیا میں آپ کا نام پوچھ سکتا ہوں" اس نے سوال کو نظرانداز کرتے ہوئے پوچھا

"جی ہاں۔ روبی میرا نام ہے" لڑکی نے جواب دیا۔

"تم سچ مچ روبی ہو" اس نے بے تکلفی سے کہا اور وہ شرما گئی۔

"کیا لاؤں آپ کے لئے؟" روبی نے اپنا سوال پھر دُہرایا۔

"چائے جو لادو" اشیم نے جواب دیا "ایسے خوبصورت ہاتھوں سے اگر زہر بھی دیا جائے تو بخوشی پیا جا سکتا ہے"

"آپ کافی دلچسپ آدمی نظر آتے ہیں" روبی نے بھی اس کی ذات میں دلچسپی لیتے ہوئے کہا۔ اور اس کے لئے چائے لینے چلی گئی۔

کچھ دیر کے بعد ہی روبی اس سے کافی بے تکلف ہو گئی۔ اب رات کی تاریکی چاروں طرف پھیل چکی تھی۔ سیاہ آسمان میں لاتعداد ستارے چراغوں کی طرح جگمگانے لگے تھے۔ دوسری تیسری تاریخ کا باریک ہلال تین ہزار فٹ کی بلندی سے اتنا بڑا معلوم دے رہا تھا کہ اشیم دیکھ کر حیران رہ گیا۔

ایک بار روبی اس کے قریب سے گزری تو اشیم نے اس کا ہاتھ پکڑ لیا۔ اور کھڑکی کے شیشے سے باہر اشارہ کرتے ہوئے بولا۔

"دیکھو تو روبی۔ باہر چاند کتنا خوبصورت نظر آرہا ہے۔ بالکل تمہارے دلفریب چہرے کی طرح حسین ہے"

"میری اتنی تعریف نہ کرو" روبی نے ہنس کر کہا "ورنہ مجھے غرور ہو جائے گا"

"اگر تمہیں ابھی تک اپنے حسن پہ غرور نہیں ہے" اشیم نے جواب دیا "تو اس کے معنی یہ ہیں کہ تم ابھی تک اپنے حسن کی قیامت خیزیوں سے ناواقف ہو"

روبی نے شرما کر اس کے شانے میں نوچ لیا۔ اور تھرکتی ہوئی چلی گئی۔

روبی کی موجودگی میں چھ گھنٹے کا وقت گزرتا ہوا بالکل معلوم نہ ہوا۔ کچھ عرصہ کے لئے اس کے ذہن کی وہ بے چینی بھی دور ہو گئی۔ آخر منزلِ مقصود آ گئی۔ اور جہاز نے ہوائی اڈے پر اُترنے کے لئے چکر کاٹنا شروع کر دیا۔

اپنے شہر کا ہوائی اڈہ دیکھ کر ایک بار پھر اس کے دل میں بے تابی کا جذبہ جاگ اٹھا۔ اور اس کا دل چاہا۔ کاش یہ جہاز اسے اس کے مکان پہ لے جا کر اتار دیتا ـــ

لیکن اسی وقت جب اشیم بے چینی کے ساتھ کھڑکی میں سے قریب ہوتی ہوئی زمین کو گھور رہا تھا۔ اور اس کی بے خبری میں روبی اس کے پاس کھڑی ہوئی اسے محبت بھری نظروں سے گھور رہی تھی ـــ عین اسی وقت یکایک ایک تیز جھٹکا لگا۔ اور اشیم کو ایسا محسوس ہوا جیسے جہاز ڈال سے ٹوٹے ہوئے پھل کی طرح زمین کی جانب گرتا جا رہا ہے۔

یہ بالکل اچانک۔ اور غیر متوقع حادثہ تھا۔ فوراً ہی جہاز کے سارے مسافروں کی دہشتناک چیخیں نکل گئیں۔

اور اس کے بعد جو کچھ ہونا تھا ایک منٹ کے اندر اندر پیش آ گیا ـــــ

جہاز کے یکایک زمین کی جانب گرنے سے اس کا دل بیٹھنے لگا۔ لیکن پھر فوراً ہی جیسے جہاز گرتے گرتے سنبھل کر پرواز کرنے لگا ـــــ اشیم کو ان تمام واقعات کی ایک دھندلی سی یاد تھی۔ جیسے اس کے ذہن پر ایک حریری پردہ پڑا ہو۔ اور وہ ان تمام واقعات کو اس حریری پردہ میں سے جھانک رہا ہو ـــــ اسے ایک ہلکی سی یاد آئی کہ جہاز کو پہلا جھٹکا لگتے ہی سارے جہاز میں خوفناک چیخیں گونج اٹھیں پھر یکایک اس نے دیکھا کہ روبی نے بجلی کی طرح تڑپ کر جہاز کی ایک جانب سے کوئی چیز اتاری۔ اور اس پر پھینک دی۔ ایک پیٹی سی اسے اپنی کمر کے گرد کستی

ہوئی محسوس ہوئی۔ اور روبی اسے کھینچتی ہوئی دروازہ کی سمت لے گئی۔
جہاز میں چیخیں گونجتی رہیں اور وہ رک رک کر نیچے گرنے لگا —— جیسے اس کی مشین یکایک خراب ہو گئی ہو —— لیکن پائلٹ کی کوشش سے وہ ایک ایک لمحہ کے لئے ٹھیک ہو جاتی تھی —— وہ ایک دم نیچے گرتا اور پھر رک کر پرواز کرنے لگتا —— پھر گرتا اور پھر ٹھہر کر پرواز کرنے لگتا ——
اشیم نے اپنا ہاتھ روبی کے ہاتھ سے چھڑانا چاہا لیکن اسے محسوس ہوا جیسے اس کی ساری طاقت سلب ہو گئی۔ اس کے بعد اسے صرف اتنا یاد ہے کہ روبی جہاز کا دروازہ کھول رہی تھی۔ پھر نہ جانے وہ بے ہوش ہو گیا یا اس کی یادداشت خوف و دہشت کی وجہ سے کچھ عرصے کے لئے ناکارہ ہو گئی ——
بہرحال دوبارہ جب اسے ہوش آیا۔ تو وہ زمین پر پڑا تھا۔ اس کے چاروں طرف بہت سے آدمی جمع تھے۔ اور دور کچھ فاصلے پر ایک جہاز ٹوٹا ہوا پڑا تھا۔ جس میں سے آگ کے شعلے بلند ہو رہے تھے۔
چند لمحوں تک وہ بالکل نہ سمجھ سکا کہ وہ کہاں ہے اور کیا واقعہ پیش آیا۔ رفتہ رفتہ جب اس کے حواس درست ہوئے تو اسے جہاز کے گرنے کا واقعہ یاد آیا وہ جلدی سے اٹھ بیٹھا۔ لیکن نہ جانے کیوں نقاہت اس قدر تھی کہ وہ پھر گر پڑا۔
"اوہ —— خدا کا شکر ہے کہ یہ زندہ ہے" —— مجمع میں سے ایک آدمی نے کہا۔ اور وہ سب اسے اٹھا کر ایرپورٹ کے مختصر سے ہسپتال میں لے گئے۔ جہاں ڈاکٹر نے فوراً اسے دو انجکشن دیئے ——
ایک گھنٹے کے بعد وہ بالکل ٹھیک ہو گیا۔ تو ڈاکٹر نے اسے مبارک باد دیتے ہوئے کہا۔
"تم بہت خوش قسمت ہو مسٹر.....؟"

"اشیم میرا نام ہے —" اس نے جلدی سے ڈاکٹر کی بات کاٹتے ہوئے کہا۔
"مجھے بڑی خوشی ہے مسٹر اشیم۔" ڈاکٹر نے اپنی گفتگو جاری رکھتے ہوئے کہا۔
"تم اکیلے خوش قسمت انسان ہو جو اس جہاز کے حادثے سے بچے ہو — یقین کرو یہ بات معجزہ سے کم نہیں ہے — میں حیران ہوں کہ خطرہ کا اندازہ کر کے کس قدر عجلت کے ساتھ تم نے پیراشوٹ پہن لیا تھا اور جہاز سے کود پڑے۔"
"کیا میں پیراشوٹ باندھ کر جہاز سے کودا تھا؟" اس نے حیرت سے پوچھا۔
"ہاں۔ صرف دو آدمی گرتے ہوئے جہاز سے کود سکے — ایک تم اور ایک جہاز کی اینگلو انڈین ملازمہ — لیکن بدقسمتی سے اس کے پیراشوٹ کی چھتری اس وقت کھلی جب وہ زمین سے چند سو فٹ کے فاصلے پر رہ گئی تھی۔ چنانچہ گرنے کی دہشت سے زمین تک پہنچنے سے قبل ہی اس کا دم نکل گیا۔"
"کیا مر گئی وہ — آہ روبی۔" اشیم نے پاگلوں کی طرح چیختے ہوئے کہا۔
"ہاں — وہ مر گئی۔" ڈاکٹر نے رنجیدہ لہجہ میں کہا۔ "اگر اوپر جہاز سے کودتے ہی اس کی چھتری کھل جاتی تو یقیناً وہ بچ جاتی۔ کیونکہ نیچے گرنے سے اسے بالکل چوٹ نہیں آئی — اترتے ہوئے جہاز کو حادثہ پیش آتے دیکھتے ہی عملہ کے تمام آدمی مدد کے لئے دوڑ پڑے تھے۔ پھر جب دو پیراشوٹ چھتریاں جہاز سے کودتی ہوئی دیکھی گئیں تو لوگ چادریں لے کر دوڑ پڑے اور تم دونوں کو ان چادروں پر دبوچ لیا گیا — لیکن بعد میں پتہ چلا کہ لڑکی دہشت کی وجہ سے زمین پر پہنچنے سے بیشتر ہی مر چکی ہے۔ پہلے میرا خیال تھا کہ شاید تم بھی مر چکے ہو لیکن شکر ہے کہ تم بچ گئے —"
"آہ روبی — میری محسنہ۔" اشیم کی آنکھوں سے بے اختیار آنسو بہنے لگے اب اسے سارے واقعات یاد آنے لگے تھے۔ اس کی آنکھوں میں وہ منظر گھوم رہا تھا

جب روبی اپنی جان کی پروا نہ کرکے پیراشوٹ کی پیٹی اس کے جسم سے باندھ رہی تھی اور اسے کھینچتے ہوئے جہاز کی کھڑکی تک لے جا رہی تھی ——

"لیکن تمہیں پیراشوٹ باندھنے کا کیسے خیال آیا ——؟" یکایک ڈاکٹر نے سوال کیا۔

"میں نے نہیں باندھا تھا۔" اشیم نے جواب دیا۔ "بلکہ اسی لڑکی نے میری کمر سے پیراشوٹ باندھ کر میری جان بچائی ہے جو مر چکی ہے۔"

"کیا روبی نے —— ؟" ڈاکٹر نے حیرت سے پوچھا۔

"ہاں ——" اشیم نے جواب دیا۔ "اگرچہ سارے واقعات مجھے بھی اچھی طرح یاد نہیں ہے۔ کیونکہ جہاز کے ایک دم گرنے سے میں تقریباً نیم بیہوش ہو گیا تھا۔ پھر بھی جو واقعات مجھے یاد ہیں وہ بتا سکتا ہوں۔"

یہ کہہ کر اشیم نے بمبئی سے پرواز کرنے سے لے کر حادثہ کے وقت تک کے تمام واقعات ڈاکٹر کو سنائے کہ کس طرح وہ روبی سے دلچسپی لینے لگا۔ کس طرح مختصر سے عرصہ میں ان میں دوستی ہو گئی۔ اور کس طرح اسی دوستی کے طفیل روبی نے جہاز کو خطرہ میں دیکھ کر اپنی جان کی پرواہ نہ کرتے ہوئے اس کی کمر سے پیراشوٹ باندھا۔ اور اسے فضا میں دھکیل کر خود بھی کود پڑی تھی —— ڈاکٹر یہ واقعات سن کر حیران رہ گیا —— کافی دیر وہ خاموش بیٹھا سوچتا رہا۔ پھر بولا ——

"اس میں شک نہیں مسٹر اشیم کہ اگر روبی تمہاری مدد نہ کرتی تو تم بھی باقی مسافروں کی طرح موت کے گھاٹ اتر جاتے —— واقعی اس لڑکی نے کمال بہادری سے کام لیا۔ کیونکہ جہاز کے گرتے وقت ایک ایک لمحہ قیمتی ہوتا ہے اور اس نے اپنی جان کی پرواہ نہ کرتے ہوئے تمہاری جان بچائی ہے۔ ورنہ وہ بڑی

آسانی سے اطمینان کے ساتھ اکیلی پیراشوٹ لے کر کود سکتی تھی۔"

"یقیناً میری زندگی روبی کی احسانمند ہے۔ لیکن افسوس ہے کہ وہ خود مرچکی ہے اور اب میں اس کا شکریہ بھی ادا نہیں کرسکتا۔"

یہ کہتے کہتے اشیم کی آنکھوں سے آنسو بہنے لگے۔ اور روبی کی دلفریب صورت اس کی آنکھوں میں گھوم گئی۔

ڈاکٹر نے اسے تسلی دی۔ اور اس کا دل بہلانے کے لئے دوستانہ گفتگو کرنے لگا۔

یکایک اشیم نے پوچھا۔

"لیکن ڈاکٹر صاحب جہاز کو کیا حادثہ پیش آیا تھا؟"

"یہ تو کسی کو بھی نہیں معلوم —— نیچے والے آدمیوں نے صرف یہ دیکھا کہ جہاز یکایک نیچے گرا۔ گرتے گرتے پھر رُک کر پرواز کرنے لگا —— پھر گرا اور پھر پرواز کرنے لگا —— اسی طرح کئی بار وہ نیچے گرا اور گرتے گرتے سنبھلا حتیٰ کہ آخر میں وہ گر کر زمین سے ٹکرا گیا۔ اور پٹرول کی ٹنکی پھٹ جانے کے باعث اس میں آگ لگ گئی —— میرا خیال یہ ہے کہ یکایک اس کے انجن کسی وجہ سے خراب ہوگئے۔ پائلٹ نے راستہ میں جہاز کو سنبھالنے کی بہت کوشش کی لیکن افسوس وہ کامیاب نہ ہوسکا —— اور میں سمجھتا ہوں جہاز کے رُک رُک کر گرنے کی وجہ سے ہی تمہاری جان بچی ہے۔ ورنہ جہاز اگر ایک دم اور سیدھا گرتا تو تمہارے کودنے سے پہلے وہ زمین پر آپڑتا۔ اور تم بھی باقی مسافروں کے ساتھ ختم ہوجاتے۔"

اشیم اس اچانک حادثے پر سخت حیران تھا۔ اگرچہ اس کے دل میں اپنے بچ جانے کی کافی خوشی تھی لیکن اتنے مسافروں کی اور خاص طور پر روبی کی موت نے اسے مضمحل کردیا تھا۔

بہر حال چونکہ اب وہ بالکل ٹھیک تھا اس لئے اس نے ڈاکٹر سے رخصت کی اجازت چاہی۔

اب اسے پھر بے چینی شروع ہو گئی تھی۔ اور وہ جلد از جلد گھر پہنچنا چاہتا تھا لیکن پریس کے رپورٹروں اور دوسری ضروری کارروائیوں میں مصروف رہتے ہوئے اسے صبح ہو گئی —— صبح سات بجے کہیں وہ ٹیکسی کر کے اپنے گھر کی سمت روانہ ہو سکا۔

چلتے ہوئے اس نے روبی کی لاش کو ایک بار دیکھنے کی خواہش ظاہر کی — ڈاکٹر اسے ہسپتال کے ایک تاریک کمرے میں لے گیا۔ جہاں اس کی محسنہ روبی ہمیشہ کی نیند سو رہی تھی۔ اشیم نے چادر کا کونہ ہٹا کر دیکھا تو اس کے چہرے پر وہی معصومیت اور دلکشی تھی جو اس کی زندگی میں تھی۔ بالکل ایسا محسوس ہوتا تھا جیسے وہ سو رہی ہے۔ اور ابھی جاگ اٹھے گی۔

اشیم کی آنکھوں سے پھر آنسو جاری ہو گئے۔ اس لئے ڈاکٹر اسے تسلی دیتا ہوا باہر لے آیا

"اب اس کی لاش کا کیا ہوگا؟" اس نے ڈاکٹر سے پوچھا۔

"اس کے عزیزوں کے پاس بمبئی واپس بھیجدی جائے گی۔"

"کب تک؟" اشیم نے پوچھا۔

"شاید کل —— یا پرسوں۔"

اشیم نے کسی خیال کے ماتحت سر ہلایا اور گرمجوشی کے ساتھ ڈاکٹر سے مصافحہ کر کے اس سے رخصت ہو گیا۔

پچیسواں باب

ٹیکسی دروازہ پر رُکی۔ اشیم نے اتر کر کرایہ ادا کیا۔ اور بے تابی کے ساتھ مکان میں داخل ہوا ــــ دروازہ چونکہ کھلا ہوا تھا اس لئے اسے یقین ہو گیا کہ جنک ضرور اندر ہو گا ــــ اس کی خوابگاہ کے دروازہ کا ایک پٹ کھلا ہوا تھا اور ایک بند تھا ــــ وہ تیز تیز قدم اٹھاتا ہوا خوابگاہ کے دروازے میں داخل ہوا ــــ اس کا دل نہ جانے کیوں تیزی سے دھڑک رہا تھا جیسے کوئی خاص واقعہ پیش آنے والا تھا۔ لیکن دروازہ میں قدم رکھتے ہی وہ اپنی جگہ ٹھٹک کر رہ گیا۔ اس کی حیرت کی انتہا نہ رہی جب اس نے دیکھا کہ سامنے اس کی مسہری پر بڑی بے تکلفی کے ساتھ لتا بیٹھی ہوئی کوئی کتاب پڑھ رہی تھی۔

آہٹ سن کر لتا نے سر اٹھا کر دیکھا اور اشیم کو دروازہ میں کھڑا دیکھ کر اس نے ایک مسرت کی چیخ ماری۔

"اشیم ــــ !"

دوسرے ہی لمحے لتا اشیم کی آغوش میں تھی ــــ ایک لمحہ کے لئے اشیم نے بے تابی اور گرمجوشی کے ساتھ لتا کو اپنے سینے سے لگا لیا ــــ لیکن فوراً ہی اسے گذشتہ تمام واقعات کا خیال آ گیا۔ اسے لتا کی تمام بے وفائیاں یاد آ گئیں۔ اس لئے اس نے آہستہ سے لتا کو اپنے سے جدا کر دیا۔

اسی وقت اس نے پہلی بار دیکھا کہ جنک بھی کرسی پر بیٹھا ہوا شوخ نظروں سے

مسکرا مسکرا کر اسے گھور رہا ہے۔ اشیم کے چہرے پر شرم کی سُرخی دوڑ گئی اور اس نے جلدی سے آگے بڑھ کر جنک سے ہاتھ ملاتے ہوئے کہا۔

"کیوں ـــــ کیوں تم نے مجھے تار دیا تھا؟"

"بہت زیادہ بے تاب ہو؟" جنک نے ہنس کر کہا۔ "اسی لئے شاید ریل کی بجائے ہوائی جہاز سے آئے ہو۔"

"ہاں" اشیم نے جواب دیا۔ "لیکن بھگوان کے لئے جو کچھ واقعہ ہو، صاف صاف بتا دو۔"

"میں نے نہیں بلایا تھا" جنک نے جواب دیا۔ پھر لتا کی جانب اشارہ کرکے بولا۔ "انہوں نے بلایا تھا"

وہ فوراً لتا کی جانب گھوم گیا ـــــ

"فرمائیے ـــــ آپ نے مجھ جیسے غریب اور مفلس شخص کو کیسے یاد فرمایا تھا؟"

"تم سے شادی کرنے کے لئے" لتا نے نہایت بے تکلفی سے ہنستے ہوئے کہا۔

"کیا مطلب؟" اشیم نے حیرت سے آنکھیں پھاڑتے ہوئے کہا۔

"میرا خیال ہے میں اپنا مطلب واضح کر چکی ہوں" لتا نے ہنس کر کہا۔

"کیوں ـــــ کیا آپ کے پتا جی نے اجازت دے دی ہے ـــــ آپ کے منگیتر انل کمار کا کیا ہوا؟"

"مجھے کچھ پتہ نہیں۔"

"بھگوان کے لئے لتا مجھ سے مذاق نہ کرو" اشیم نے پریشانی کے لہجہ میں کہا۔ "جو کچھ بات ہو صاف صاف بتا دو۔"

"کیا تم ابھی تک میری آواز نہیں پہچان سکے" لتا نے کہا۔

"آواز ـــــ ؟؟" اشیم نے اور زیادہ حیرت سے کہا اور اب جو اس نے

آواز پر غور کیا تو واقعی وہ لتا کی آواز نہیں تھی بلکہ سمی کی آواز تھی — وہ اور زیادہ پریشان ہو گیا —

"لتا — جنک —" اس نے بیک وقت دونوں کو مخاطب کرتے ہوئے کہا۔ "بھگوان کے لئے مجھ سے مذاق نہ کرو۔ یہ مذاق کا وقت نہیں ہے۔ جو بات ہو صاف صاف بتاؤ۔ تمہیں معلوم نہیں آج رات میں مجھ پر کتنے حیرت خیز واقعات گذر چکے ہیں۔ میں ابھی ابھی موت کے منہ سے بچ کر آرہا ہوں۔"

"کیوں — کیا ہو گیا تھا — ؟" اب جنک اور لتا نے حیرت سے پوچھا۔

"پہلے تم سارا واقعہ مجھے بتاؤ۔ بعد میں میں تفصیل سے سب کچھ سنا دوں گا۔"

"اچھا تو سنو —" جنک نے اٹھ کر اس کے شانے پر ہاتھ رکھتے ہوئے کہا۔

"یہ پرسوں رات کا واقعہ ہے — میں، سمی اور رمی اسی کمرے میں بیٹھے تھے۔ غالبا اس وقت رات کے تین بجے تھے۔ یکا یک باہر سے اس قسم کی آوازیں آئیں، جیسے کوئی ارتھی جا رہی ہو — یہ آوازیں سنتے ہی سمی اور رمی دونوں دروازے کی جانب دوڑ پڑیں۔ لیکن بد قسمتی یا خوش قسمتی سے رمی پنڈت کا دیا ہوا وہ منتر والا کاغذ ساتھ لے جانا بھول گئی۔ اس لئے سمی کو موقعہ مل گیا اور وہ گذرتی ہوئی ارتھی کی لاش میں ہدایت کے مطابق داخل ہو گئی۔

"میں بھی چونکہ ان دونوں کے ساتھ ہی حالات معلوم کرنے کے لئے باہر آ گیا تھا اس لئے میں نے اپنی آنکھوں سے دیکھا کہ بہت سے آدمی ایک ارتھی کو لئے جا رہے ہیں — یکا یک اس ارتھی میں جنبش ہوئی اور لاش اٹھ کر بیٹھ گئی۔

"میں فوراً سمجھ گیا کہ سمی کی روح جسم میں داخل ہو چکی ہے۔ لیکن ارتھی کے ساتھ جتنے آدمی تھے وہ لاش کو اٹھتے ہوئے دیکھ کر خوف زدہ ہو گئے اور ارتھی کو زمین پر پھینک کر بھوت بھوت کہتے ہوئے بھاگ گئے — تم خود اندازہ کر سکتے

ہو کہ رات کے تین بجے اگر کوئی مُردہ لاش زندہ ہو جائے تو لوگ کس قدر خوفزدہ ہو سکتے ہیں ــــــ

"بس جناب" جنک نے اپنی داستان کو مزے لے لے کر بیان کرتے ہوئے کہا: "ارتھی میں لاش کے زندہ ہونے کے دو منٹ بعد ہی میدان صاف تھا سارے لوگ خوفزدہ ہو کر شہر بھاگ گئے ــــــ اس وقت میں نے آگے قدم بڑھایا ستی بھی مجھے دیکھتے ہی میری جانب آگے بڑھی۔ ایک لمحہ کے لئے تو مجھے بھی سخت دہشت معلوم ہوئی لیکن جب ستی کی آواز مجھے سُنائی دی تو میرا اطمینان ہو گیا ــــــ میں فوراً اس کے قریب پہنچ گیا اور کفن کا کپڑا جو سر کے پاس سے بندھا ہوا تھا میں نے کھول دیا۔ کفن کا ایک سرا کھلتے ہی ستی نے جب اپنے چہرے پر سے چادر ہٹائی تو میں نے پہلی بار دیکھا کہ وہ لتا تھی۔"

"لتا تھی ــــــ" اشیم نے حیرت و دہشت سے ایک قدم پیچھے ہٹتے ہوئے کہا۔

"ہاں ــــــ" جنک نے جواب دیا: "وہ لتا کا جسم تھا جس میں ستی کی روح داخل ہو چکی تھی ــــــ میں خود اس اتفاق پر یا یہ کہئے کہ اس معجزے پر حیران رہ گیا ــــــ بہر حال یہ ایک بڑا عجیب اور حیرت خیز اتفاق تھا ــــــ خیر میں ستی یا لتا کو گھر میں لے آیا اور فوراً اس سے رخصت ہو کر لتا کی کوٹھی پر پہنچا تو پتہ چلا کہ کل شام یکایک حرکتِ قلب رُک جانے کی وجہ سے لتا کا انتقال ہو گیا تھا اور اب رات کو اس کی ارتھی شمسان گھاٹ لے جائی جا رہی تھی کہ ستی کی روح اس میں داخل ہو گئی ــــــ اور وہ لوگ اسے بھوت سمجھ کر بھاگ گئے ــــــ میں جب لتا کی کوٹھی پر پہنچا تو میں نے دیکھا کہ وہاں تمام لوگ اس بھوت والے واقعہ پر چہ میگوئیاں کر رہے تھے ــــــ

"اس کے ایک گھنٹہ بعد وہ لوگ پھر ادھر آئے اور خالی ارتھی اٹھا کر لے گئے اس واقعہ سے سارے شہر میں خوف و ہراس پھیل گیا۔ اخباروں نے بھی بڑی موٹی موٹی سرخیوں کے ساتھ اس واقعہ کی خبر شائع کی ہے۔"

ایک لمحہ کے لئے ٹھہر کر جنک نے اشیم سے پوچھا۔

"کیا تم نے کل کے اخبار نہیں دیکھے تھے؟ —— میں تو سمجھا تھا کہ تم اخبار میں خبر پڑھ کر سارے واقعہ سے خبردار ہو چکے ہو گے۔"

"نہیں۔ مجھے اخبار پڑھنے کا موقعہ نہیں ملا ——" اشیم نے جواب دیا۔ "کل دن میں مجھے اخبار دیکھنے کا موقعہ نہیں ملا۔ شام کو میں ہوائی جہاز میں سوار ہو گیا۔ اور بارہ بجے جب یہاں ہوائی اڈے پر پہنچا تو جہاز کو حادثہ پیش آ گیا۔"

"حادثہ پیش آ گیا؟" شمی اور جنک نے حیرت سے آنکھیں پھاڑتے ہوئے پوچھا ——

"ہاں ——" اشیم نے جواب دیا۔ "انجن خراب ہو جانے کے باعث جہاز زمین پر گر کر ٹوٹ گیا اور اس میں آگ لگ گئی —— اس پورے جہاز میں صرف میں اکیلا خوش قسمت ہوں جو اس حادثہ میں بچ گیا —— ورنہ تمام مسافر موت کے گھاٹ اتر گئے۔"

"اوہ اشیم ——" شمی نے آگے بڑھ کر اشیم کے شانے پر ہاتھ رکھ دیا —— اور محبت بھری نظروں سے اس کی جانب دیکھنے لگی۔ اشیم نے محسوس کیا کہ اس کے ہاتھ کپکپا رہے ہیں۔ "اگر تمہیں کوئی حادثہ پیش آ جاتا" شمی نے خوف زدہ لہجہ میں کہا۔ "تو میرا کہاں ٹھکانہ رہتا —— ذرا غور کرو۔ کتنا بھیانک واقعہ ہوتا —— ادھر میں ایک جسم میں منتقل ہو کر عالم وجود میں آتی اور ادھر تم اس عالم وجود سے رخصت ہو کر روح بن جاتے۔"

شمیم نے سثمی کی کمر میں ہاتھ ڈال کر اسے کھینچ کر اپنے سینے سے لگا لیا۔
تمہارے ہی جذبۂ محبت کا کرشمہ ہے سثمی کہ میں بچ گیا — ورنہ سچ پوچھو تو اس حادثہ میں میرا بچ جانا معجزہ سے کم نہیں۔"

"لیکن سارا واقعہ کس طرح پیش آیا؟" سثمی نے سوال کیا۔

"ابھی بتاتا ہوں۔" اشیم نے سثمی کو اپنے سینے سے جدا کر کے مسہری پر بٹھا دیا اور خود بھی اس کے پہلو میں بیٹھتے ہوئے بولا۔

"سارا واقعہ اس طرح پیش آیا کہ میں جنک کا تار موصول کر کے فوراً یہاں آنے پر آمادہ ہو گیا۔ لیکن چونکہ گاڑی سے اٹھائیس گھنٹے سفر کرنا پڑتا تھا اس لئے میں نے ہوائی جہاز سے آنا مناسب سمجھا۔ چنانچہ چھ بجے کے جہاز میں میں نے اپنے لئے ایک سیٹ حاصل ..."

اشیم یہیں تک کہنے پایا تھا کہ باہر سے ایک ایسی آواز آئی جیسے کوئی لڑکی رو رہی ہو — آواز رمی کی تھی۔ اس لئے اشیم چونک پڑا اور اس نے سوالیہ نگاہوں سے جنک کی جانب دیکھا۔

جنک نے اس کی نگاہوں کا مفہوم سمجھ کر افسوس کے انداز میں سر ہلاتے ہوئے کہا۔

"یہ رمی ہے۔ جو کل سے صرف اس وجہ سے روئے جا رہی ہے کہ سثمی کو تو ایک خوبصورت جسم مل گیا ہے لیکن وہ رہ گئی ہے۔ ہم دونوں اسے بہت سمجھا چکے لیکن اسے صبر نہیں آتا۔"

"افسوس۔" اشیم نے جواب دیا۔ "واقعی یہ اس کے لئے صدمہ کی بات ہے کہ سثمی تو عالم وجود میں آگئی اور وہ ابھی تک روح ہے۔"

یکایک کسی نئے خیال کے زیر اثر اشیم اپنی جگہ سے اٹھا۔ اور ان دونوں سے کچھ

کہے بغیر باہر نکل گیا۔

رمی کے مخصوص کمرے کا دروازہ کھلا ہوا تھا۔ اشیم اندر داخل ہوا۔ تو دیکھا کہ کمرہ ویران اور خالی پڑا ہے۔ البتہ ایک کونے میں کھڑی ہوئی رمی سسکیاں لے لے کر بے تحاشہ رو رہی ہے۔

"ارے۔ تم رو کیوں رہی ہو؟" اشیم نے اپنے لہجہ میں مذاق کا عنصر پیدا کرتے ہوئے کہا: "کہیں اچھی لڑکیاں بھی رویا کرتی ہیں"

اشیم کو دیکھ کر رمی اور زور زور سے لگی۔ اشیم نے آگے بڑھ کر اس کے شانے پر ہاتھ رکھ دیا اور تسلی دیتے ہوئے بولا

"سنو رمی ـــ رونے دھونے سے کچھ نہیں ہوگا۔ تمہیں ہمت نہیں ہارنی چاہیئے۔ اگر آج "سمی" کو جسم مل گیا ہے تو جلد ہی تمہیں بھی ایک اچھا سا جسم مل جائے گا ـــ"

"لیکن کیسے ملے گا ـــ کہاں سے ملے گا ـــ؟" رمی نے سسکیاں لیتے ہوئے کہا۔ اتنی دیر میں ہی سمی اور جنک بھی اشیم کے پیچھے پیچھے اسی کمرے میں آگئے تھے۔ اشیم نے آہستہ سے آواز دبا کر کہا۔

"سنو۔ میں ایک بات تم سے کہتا ہوں۔ جس سے شاید تمہارا دکھ کسی حد تک دور ہو جائے گا"

یہ کہہ کر اس نے رمی کے کان میں اس طرح کچھ کہا۔ جسے سمی اور جنک نہ سن سکے۔

اشیم کی بات سن کر رمی کے چہرے پر رونق آگئی ـــ وہ رونا بھول گئی اور پُر شوق لہجہ میں بولی۔

"کیا واقعی تم ٹھیک کہتے ہو؟"

"ہاں ہاں! مجھ پر اعتبار کرو۔ میں بالکل صحیح کہہ رہا ہوں!"

"اوہ اشیم! " رمی نے مسرت کے لہجہ میں کہا: "اگر ایسی بات ہے تو میں تمہارا یہ احسان کبھی نہیں بھولوں گی۔"

اتنا کہہ کر وہ کسی سے کچھ کہے بغیر بھاگتی ہوئی کمرے سے نکل گئی۔ اور برآمدہ میں آتے ہی غائب ہو گئی۔

جنک اور "شمی" حیرت سے کچھ دیر خاموش کھڑے رہے پھر جنک بولا۔

"اشیم! یہ تو تم نے جادو سا کر دیا —— آخر تم نے رمی سے ایسی کیا بات کہہ دی ہے کہ وہ رونا بھول کر خوشی خوشی کہیں چلی گئی؟"

"اس کے بارے میں ابھی کچھ دیر بعد تمہیں پتہ چل جائے گا" —— اشیم نے مسکراتے ہوئے جواب دیا "چلو اب اس کمرے میں چل کر میں اپنی داستان مکمل کرتا ہوں۔"

"چلو" جنک نے اثبات میں سر ہلا کر کہا۔ اور وہ تینوں پھر اپنے کمرے میں واپس آ گئے ——

آرام سے بیٹھنے کے بعد اشیم نے اپنی باقی داستان ان دونوں کو سنائی۔ سارے واقعات سن کر جنک اور "شمی" دونوں نے خدا کا شکر ادا کیا کہ اشیم کی جان بچ گئی اور روبی کے لئے دونوں نے دلی اظہار افسوس کیا۔

آدھا گھنٹہ اور اسی طرح باتوں میں گزر گیا۔ آدھ گھنٹہ بعد مکان کے دروازہ پر دستک کی آواز سنائی دی۔

"کون ہے؟" جنک نے حیرت سے کہا۔

"چلو۔ دیکھتے ہیں" اشیم نے اٹھتے ہوئے جواب دیا۔ وہ دونوں دروازہ پر پہنچے تو ہوائی اڈے کا ایک چپراسی کھڑا تھا۔

"کیا مسٹر اشیم آپ ہی کا نام ہے؟" چپراسی نے پوچھا۔

"ہاں —— کیا مجھے ڈاکٹر صاحب نے بلایا ہے؟" اشیم نے کہا۔

"جی ہاں۔" چپراسی نے حیرت سے اسے دیکھتے ہوئے کہا۔ "واقعی ڈاکٹر صاحب نے آپ کو فوراً بلایا ہے۔"

"اچھا تم چلو ہم ابھی آتے ہیں۔" اشیم نے جواب دیا۔

چپراسی نے پھر ایک بار حیرت کی نگاہ اس پر ڈالی۔ اور اثبات میں سر ہلاتا ہوا واپس چلا گیا۔

اشیم نے جنک کی جانب گھومتے ہوئے کہا۔

"چلو جنک۔ ہم لوگ فوراً ہوائی اڈے پر چلتے ہیں۔"

"لیکن اشیم —" جنک نے متعجبانہ لہجہ میں کہا۔ "تمہیں یہ کیسے معلوم ہوا کہ ڈاکٹر نے تمہیں بلایا ہوگا۔"

"چلو چلتے ہیں۔ وہاں پہنچ کر تمہیں سب کچھ معلوم ہو جائے گا۔"

وہ دونوں اندر آگئے اور لتا کو سارا واقعہ بتا کر اپنے ساتھ لئے چل پڑے۔

پندرہ منٹ کے عرصہ میں ہی ٹیکسی نے انہیں ہوائی اڈے پر پہنچا دیا۔

ٹیکسی سے اتر کر وہ تینوں تیزی سے دفتر کی جانب چل پڑے جہاں ہسپتال واقع تھا۔ ڈاکٹر دروازہ پر ان کا منتظر تھا۔ اشیم کو دور سے دیکھتے ہی وہ تیز چلتا ہوا اس کے قریب آیا اور جلدی جلدی بولتے ہوئے کہنے لگا۔

"اوہ مسٹر اشیم، کتنا حیرتناک واقعہ ہے۔ آہ میرے دوست تم یقین نہیں کر سکتے — کبھی نہیں — میں آدھے گھنٹے سے اس عجیب و غریب واقعہ پر حیران ہو رہا ہوں —"

"کیا ہوا ڈاکٹر صاحب؟" اشیم نے مسکرا کر کہا۔ "لیکن ٹھہریئے۔ میں پہلے آپ کا تعارف اپنے دوستوں سے کرا دوں۔"

یہ کہہ کر اس نے شمی کی جانب اشارہ کرتے ہوئے کہا۔

۱۶۰

"یہ میری ہونے والی دھرم پتنی مس سٹمی لتا ہیں ـــــ اور یہ میرے عزیز دوست مسٹر جنک ہیں۔ جن کے بارے میں اتنا آپ کو اور بتا دوں کہ یہ اس لڑکی کے منگیتر ہیں جو رات کے حادثہ میں مجھے بچاتے ہوئے مر گئی ہے۔"

اسٹیم کی اس بات پر جنک، سٹمی اور ڈاکٹر تینوں چونک پڑے اور اسے حیرت سے گھورنے لگے۔ لیکن ڈاکٹر نے فوراً ہی اپنی حیرت پر قابو پاکر جنک سے مصافحہ کرتے ہوئے کہا۔

"آہ۔ آپ روبی کے منگیتر ہیں۔ تو صاحب میں آپ کو خوشخبری سناتا ہوں کہ روبی جو کل رات کو پیراشوٹ کے ذریعہ کودتے ہوئے مر گئی تھی۔ ابھی آدھ گھنٹہ پہلے خود بخود زندہ ہو گئی ہے ـــــ"

"زندہ ہو گئی ہے؟" جنک نے سرسراتے ہوئے لہجہ میں کہا۔ اور آن واحد میں اس کے دماغ میں روشنی سی پھیل گئی۔ اب سارا واقعہ اس کی سمجھ میں آ گیا تھا ایک لمحہ کے لئے اس نے مشکور نگاہوں سے اسٹیم کی جانب دیکھا۔ اور پھر ڈاکٹر کا ہاتھ گرمجوشی سے دباتے ہوئے بولا۔

"اوہ! ڈاکٹر صاحب۔ میں اس خوشخبری کے لئے آپ کا ممنون ہوں ـــــ چلئے، میں اپنی روبی سے اسی وقت ملنا چاہتا ہوں۔ آہ! آپ اندازہ نہیں کرسکتے کہ اس کی موت سے مجھے کس قدر صدمہ پہنچا تھا۔"

"یقیناً پہنچا ہوگا۔" ڈاکٹر نے زور زور سے ہاتھ ہلاتے ہوئے کہا۔ "لیکن مسٹر جنک۔ یہ میں آپ کو یقین دلاتا ہوں کہ یہ اپنی قسم کا ایک واقعہ ہے ـــــ کوئی بڑے سے بڑا ڈاکٹر بھی یہ نہ کہہ سکتا تھا کہ وہ لڑکی ایک دم زندہ ہو جائے گی۔ اس کے دل کی حرکت بالکل رُک گئی تھی۔ لیکن آدھا گھنٹہ پیشتر خود بخود چلنے لگی ـــــ میں تو بہت کچھ سوچ و چار کے بعد اس نتیجے پر پہنچا ہوں، کہ

شاید میرے سمجھنے ہی میں کوئی غلطی ہوئی تھی۔ شاید روبی مری نہیں تھی۔ بلکہ اس کو صرف سکتہ ہوگیا تھا۔ جو کسی وجہ سے خود بخود دور ہوگیا۔ لیکن کچھ بھی ہو — خواہ آپ میری حیرت کا اندازہ نہیں کرسکتے....."

چلتے چلتے چونکہ وہ لوگ اس کمرے تک پہنچ گئے تھے جس میں روبی تھی۔ اس لئے ڈاکٹر نے اپنی بات نامکمل چھوڑ دی۔ اور دروازہ کھولتے ہوئے بولا۔

"دیکھئے! اس کمرے میں آپ کی منگیتر مس روبی ہیں ——"

ثمی بھی اب سارا واقعہ سمجھ گئی تھی۔ اس نے اشیم کا ہاتھ پکڑ کر گرمجوشی سے دبایا اور آہستہ سے اس کے کان میں کہا۔

"تم کتنے شریر ہو اشیم۔ ہمیں بتایا بھی نہیں اور رمی کی روح کو یہاں بھیج دیا۔"

اشیم مسکرا کر خاموش ہوگیا۔

وہ سب لوگ اندر کمرے میں داخل ہوئے۔ روبی پلنگ پر لیٹی تھی۔ جنک کو دیکھتے ہی اس نے مسرت کی ایک چیخ ماری اور پلنگ سے اتر کر دوڑتی ہوئی جنک کے سینے سے جا چمٹی —" اوہ جنک — مائی ڈیر جنک —"

"ہاں روبی —— میں آگیا ہوں —— میں تمہیں لینے آیا ہوں"۔ جنک نے ڈاکٹر کی موجودگی کا خیال کرکے رمی کا اصل نام نہ لیتے ہوئے کہا۔

تھوڑی دیر بعد جب ان دونوں کا جوش ختم ہوا تو روبی یا رمی نے آگے بڑھ کر مشکورانہ انداز میں اشیم کے دونوں ہاتھ اپنے ہاتھ میں لے کر آہستہ سے کہا۔

"میں تمہارا یہ احسان کبھی نہیں بھول سکتی اشیم بھائی"۔

مجھے خوشی ہے کہ اب تم ثمی سے کسی طرح پیچھے نہیں رہیں — کہو تمہیں اپنا جسم پسند آیا؟" اشیم نے آہستہ سے کہا جسے رمی کے علاوہ کوئی نہ سن سکے۔

"اوہ — بہت زیادہ"۔ رمی نے جواب دیا اور پھر وہ مسرت کے جوش میں

شمی سے چمٹ گئی ــــ

جنک تعریفی نظروں سے روبی کے جسم کو دیکھے جا رہا تھا۔ کبھی کبھی وہ مشکورانہ نگاہوں سے آشیم کو بھی دیکھ لیتا تھا۔ گویا نگاہوں ہی نگاہوں میں وہ اس سے کہہ رہا ہو "میں تمہارا بہت مشکور رہوں دوست کہ تمہاری وجہ سے میری رمی کو اتنا دلفریب جسم مل سکا۔"

کچھ دیر کے بعد ڈاکٹر کو ہر طرح طمینان کر لینے کے بعد کہ روبی جنک کی منگیتر ہے اور اس کا شکریہ ادا کرنے کے بعد وہ تینوں رمی کو اپنے ساتھ لے کر واپس آگئے۔

اسی روز شام کو آشیم جنک کو ساتھ لے کر لتا کے باپ کے پاس گیا اور اسے بتایا کہ تمہاری لڑکی لتا مری نہیں تھی۔ اسے صرف سکتہ ہو گیا تھا۔ جب تم لوگ اسے بھوت سمجھ کر چھوڑ آئے تو ہم اسے اپنے گھر لے گئے۔ اب وہ بالکل ٹھیک ہے اور آپ کو یاد کر رہی ہے۔"

لتا کا باپ یہ سن کر بہت خوش ہوا۔ اور اسی وقت ان کے ساتھ اپنی بیٹی سے ملنے چلا آیا ــــــ

"شمی" اگرچہ لتا کے باپ کو نہیں جانتی تھی۔ پھر بھی مصلحت کو مدنظر رکھ کر وہ اس سے اس طرح چمٹ گئی جیسے وہ سچ مچ اس کا باپ ہو۔

لتا کا باپ بہت دیر تک بیٹی کے جسم کو سینے سے لگائے روتا رہا۔ آخر جب اس کا جوش کم ہوا تو اس نے لتا سے گھر چلنے کو کہا۔

"نہیں اب میں گھر نہیں جاؤں گی۔" شمی نے جواب دیا۔ "جب آپ لوگ مجھے مردہ یا بھوت سمجھ کر اس ویران جنگل میں چھوڑ گئے۔ تو اب آپ لوگوں کا مجھ پر کوئی حق نہیں رہا۔ بلکہ آشیم اب میرا مالک ہے جس نے مجھے یہ دوسری زندگی دی ہے۔"

"اوہ میری بیٹی۔ مجھے اب اس پر کوئی اعتراض نہیں۔" اس کے باپ نے کہا۔ "میں

اپنی پچھلی تمام زیادتیوں پر نادم ہوں۔ اور اشیم سے بخوشی تمہیں شادی کرنے کی اجازت دیتا ہوں۔ اور چاہتا ہوں کہ یہ شادی باقاعدہ اسی طرح ہو جس طرح میری بیٹی کی ہونی چاہیئے۔"

لتا کے باپ کے منہ سے یہ الفاظ سن کر اشیم کے چہرے پر مسرت کی سرخی دوڑ گئی اور لتا شرما گئی ——

اشیم سے مشورہ کرنے کے بعد اسی روز لتا اپنے باپ کے ساتھ اس کے گھر چلی گئی —— اسی ہفتہ لتا کی اشیم سے اور روبی کی جنک سے شادی ہو گئی۔ شادی کے بعد انہوں نے رمی اور شمی نام چھوڑ دیئے بلکہ مصلحتاً لتا اور روبی کے نام ہی اختیار کیے۔

اس طرح اشیم کو اپنی دونوں محبوب چیزیں مل گئیں۔ یعنی شمی کی روح اور لتا کا جسم ——!

ختم شد

اظہار اثر کے قلم سے نکلے سائنسی مضامین

سائنس کے مضامین

(حصہ اول اور دوم)

مصنف : اظہار اثر

بین الاقوامی ایڈیشن منظر عام پر آچکے ہیں